*O livro
da tranqüilidade*

O livro da tranqüilidade

Organização e apresentação
Olivia Benhamou

Tradução
ROSEMARY COSTHEK ABÍLIO

Martins Fontes
São Paulo 2003

Esta obra foi publicada originalmente em francês com o título
LE LIVRE DE LA TRANQUILLITÉ por Éditions nº 1.
Copyright © Edition°1, 1998.
Copyright © 2003, Livraria Martins Fontes Editora Ltda.,
São Paulo, para a presente edição.

1ª edição
outubro de 2003

Tradução
ROSEMARY COSTHEK ABÍLIO

Acompanhamento editorial
Luzia Aparecida dos Santos
Revisões gráficas
Andréa Stahel M. da Silva
Solange Martins
Dinarte Zorzanelli da Silva
Produção gráfica
Geraldo Alves
Paginação/Fotolitos
Studio 3 Desenvolvimento Editorial

Dados Internacionais de Catalogação na Publicação (CIP)
(Câmara Brasileira do Livro, SP, Brasil)

O livro da tranqüilidade / organização e apresentação Olivia Benhamou ; tradução Rosemary Costhek Abílio. – São Paulo : Martins Fontes, 2003.

Título original: Le livre de la tranquillité.
ISBN 85-336-1905-7

1. Felicidade 2. Paz de espírito 3. Relações interpessoais 4. Tranqüilidade I. Benhamou, Olivia.

03-4687   CDD-158.1

Índices para catálogo sistemático:
1. Tranqüilidade : Psicologia aplicada   158.1

Todos os direitos desta edição para o Brasil reservados à
Livraria Martins Fontes Editora Ltda.
Rua Conselheiro Ramalho, 330/340 01325-000 São Paulo SP Brasil
Tel. (11) 3241.3677 Fax (11) 3105.6867
e-mail: info@martinsfontes.com.br http://www.martinsfontes.com.br

*À memória de meus avós,
por sua infinita sabedoria.*

. Índice .

. *Introdução . 9*

. **Primeira parte** . *Tranqüilidade consigo mesmo*

1. Saber usar bem o tempo **15**
2. Ter boa saúde e mantê-la **25**
3. Amor-próprio, vaidade, narcisismo: saber reconhecer os próprios erros **37**
4. Prazer, tentação: saber consumir com moderação **45**
5. Administrar bem a fortuna e seus reveses **53**
6. Ter a consciência tranqüila **63**
7. Saber distinguir entre o que depende de si e o que não depende **67**
8. Viver sem ser assombrado pela morte **71**

9. Remorsos e arrependimentos **79**
10. Perante o infortúnio **81**
11. Não encolerizar-se **85**
12. Não julgar precipitadamente **97**
13. Procurar a felicidade em tudo **101**

. Segunda parte . *Tranqüilidade com o outro*

1. Encontrar a alma irmã e amá-la em paz **117**
2. Como suportar uma separação amorosa **133**
3. Conselhos às mulheres para seduzir com tranqüilidade **143**
4. Nunca ceder ao ciúme **153**
5. O casamento **159**
6. Dificuldades das relações humanas: como resolvê-las **165**
7. Saber adaptar-se e ter diplomacia **193**
8. Como tirar proveito dos inimigos **201**
9. A prática da polidez e das regras de boa educação **209**
10. A arte de conversar sem se expor demais **219**
11. A opinião alheia: encará-la com tranqüilidade **233**
12. O homem e o trabalho **239**

. Notas biográficas . ***245***

. Introdução .

Ser pressionado pelo banco, não encontrar emprego, inquietar-se com o futuro, estressar-se no trânsito, irritar-se por qualquer bobagem, sofrer com a solidão, ver morrerem aqueles que amamos, brigar com os que nos cercam, ter um desgosto amoroso... todos se reconhecerão nessas provações diárias que estes tempos atormentados e incertos nos trazem. Sozinhos, freqüentemente somos incapazes de superar certos obstáculos à nossa tranqüilidade: falta-nos então o ombro em que nos apoiarmos, a mãe afetuosa e compreensiva que nos embale com suas doces cantigas ou, simplesmente, o confidente que saiba ouvir-nos e ajudar-nos a ver as coisas com mais clareza. Gostaríamos de ter uma solução para cada problema, um roteiro a seguir para cada situação.

Na falta disso, restam, em meio a essa multiplicidade de incertezas e de interrogações diversas, receitas da vovó, pacientemente transmitidas de geração em geração e que, apesar do avanço da ciência e dos progressos tecnológicos, conservam a nossos olhos um poder tranqüilizador e uma influência sobre nossas atitudes. De fato, quem de nós não guardou num canto da memória e dos armários a receita de um preparado para tratar queimaduras de sol, de uma mistura de ervas para curar enxaqueca, ou o pequeno pingente da sorte herdado de uma tia-avó? Essas tradições lembram-nos que outrora os homens e as mulheres sofriam dos mesmos males que nós hoje e tinham seus próprios remédios para livrar-se deles. Por que tais remédios já não seriam eficazes?

É com esse espírito que devemos ler ou reler os textos escritos há vários séculos pelos pais da filosofia, nossos antepassados, que muito antes de nós experimentaram a vida em comum, o amor, o sofrimento, o tédio, o remorso e as tristezas, mas também os prazeres, os sucessos, a felicidade enfim. Remontando a esses ensinamentos que nos vêm de longe, as "avós" chamam-se Aristóteles, Confúcio, Marco Aurélio, Epicteto, Xenofonte, Ovídio... e mais perto de nós Montaigne, Voltaire, La Bruyère, Montesquieu, Stendhal, Schopenhauer, Nietzsche etc.

Repletos de sabedoria e de bom senso, esses filósofos oferecem em seus textos reflexões pessoais, advertências sobre a conduta a adotar ou sobre o que pode acontecer, e também conselhos. Muito pragmáticos e perturbadoramente atuais, os assuntos abordados refletem nossa própria vida, pois temos em comum com seus autores nossa condição humana. Aqui não se lerão obscuras elucubrações sobre o sentido da vida nem conjecturas sombrias sobre o triste destino do homem. Ao contrário, os trechos escolhidos transbordam de vida, de humor e de senso prático, e por fim permitirão que todos reconheçam a vocação profundamente filantrópica da filosofia.

É claro que os pensadores são antes de tudo homens e têm, como nós, defeitos e fobias. Por isso, em vez de nos espantarmos, deveremos rir das asserções misóginas ou cheias de má-fé apresentadas por alguns filósofos. E, depois, acaso nós mesmos não somos os primeiros a saber que ninguém é perfeito? Textos saborosos, numa linguagem escolhida e com incontestável qualidade literária: aí algo para fortalecer-nos e talvez para dar-nos alguma luz. O leitor tem liberdade para aplicar esses antigos conselhos ou simplesmente lê-los para revigorar-se, pois é uma verdadeira fonte de consolação constatar que não temos o monopólio do sofrimento. Aos adversários das "receitas de tranqüilidade" direi apenas que basta extraírem delas o que quiserem e deixar o restante para a História. E, apesar de suas contestações, tenho certeza de que sentirão um imenso prazer em deleitar-se com esta saborosa literatura.

Boa leitura, e não hesitem em utilizar este livro como um manual, no sentido etimológico do termo, ou seja: um livrinho para se ter sempre à mão em caso de necessidade.

. Primeira parte .

Tranqüilidade consigo mesmo

. 1 .

Saber usar bem o tempo

"O tempo é o mais sábio de todos os conselheiros", dizia Péricles. Certamente deveríamos acrescentar: com a condição de sabermos aproveitá-lo. O tempo que passa ajuda a curar as dores, a cicatrizar as feridas e também a amadurecer uma decisão, a nos habituarmos com as coisas e as pessoas, enfim a cumprirmos nossa tarefa de homens. Somos impotentes ante seu fluir inelutável, que, alternadamente e dependendo das circunstâncias, nos parece rapidíssimo ou interminável; porém, com um pouco de boa vontade e de senso prático, existem mil e um modos de jogar com as injunções temporais. Uma das regras básicas consiste em saber tirar proveito do momento presente (Nietzsche), depois de estar preparados para as surpresas que o futuro reserva (Baltasar Gracián),

sem perder um segundo (Cristina da Suécia). Uma sutil mescla de prudência e sabedoria. Assim, use algum tempo para meditar sobre estes conselhos, a fim de aplicá-los – no momento certo.

Administrar bem o tempo

Os que empregam mal o tempo são os primeiros a queixar-se de sua brevidade: como o consomem em vestir-se, em comer, em dormir, em discursos tolos, em decidir o que devem fazer e freqüentemente em nada fazer, ele lhes falta para os negócios e para os prazeres; já os que fazem melhor uso do tempo têm-no de sobra.

Jean de La Bruyère, *Os caracteres*

Devemos ser mais avaros de nosso tempo que de nosso dinheiro; e contudo esbanjamos tão lamentavelmente esse inestimável tesouro!

Cristina da Suécia, *Máximas*

O arrependimento que os homens sentem pelo mau emprego do tempo que já viveram nem sempre os leva a fazer melhor uso do que lhes resta.

La Bruyère, *Os caracteres*

Enquanto estivermos vivendo uma experiência, deveremos entregar-nos ao acontecimento e fechar os olhos, não permanecermos contemplativos durante tal experiência. Pois isso estragaria a boa digestão do acontecimento: em vez de ganharmos em sabedoria, sairíamos dele com uma indigestão.

Friedrich Nietzsche, *Humano, demasiado humano*

Saber repartir as coisas é saber desfrutá-las. A muitos sobra vida e falta felicidade; desperdiçam os prazeres porque não os gozam; e depois gostariam de voltar atrás, sendo que já se acham tão à frente. São postilhões da vida, que ao correr comum do tempo acrescentam o atropelo de seus espíritos. Gostariam de devorar num dia o que mal poderiam digerir durante toda a vida. Vivem adiantados nas venturas, devoram os anos por vir e, como avançam tão depressa, logo acabam com tudo. Mesmo no desejo de saber há de haver maneira de não saber mal sabidas as coisas. Existem mais dias do que ditas. Apressa-te em fazer e desfruta com vagar. Os afazeres estão bem quando feitos; as alegrias estão mal quando acabadas.

Baltasar Gracián, *A arte da prudência*

Agir, falar, tudo deve ser a propósito. Devemos querer quando pudermos, pois a ocasião e o tempo não esperam por ninguém. [...] Não imponhas à tua vontade leis precisas, pois amanhã terás de beber da mesma água que hoje desdenhas. [...] O sábio sabe que o norte da prudência consiste em portar-se de acordo com o momento.

Gracián, *A arte da prudência*

A mais onerosa das despesas é a perda de tempo.

Teofrasto, citado por Diógenes Laércio

Não podes guardar contigo este dia, mas podes não perdê-lo.

Inscrição latina gravada num quadrante solar

Pensemos que, assim como hoje suspiramos pela juventude florescente que já não temos e que não voltará, virá a seguir a decrepitude, que nos fará suspirar pela idade madura em que ainda estamos e que não valorizamos o bastante.

La Bruyère, *Os caracteres*

Cada qual examine seus próprios pensamentos, e irá encontrá-los todos ocupados com o passado e com o futuro. Quase não pensamos no presente; e, quando pensamos, é apenas a fim de buscar nele luzes para preparar o futuro. [...] Assim, nunca vivemos, só ficamos à espera de viver; e sempre nos preparando para ser felizes, é inevitável que jamais o sejamos.

Blaise Pascal, *Pensamentos*

Epicuro a Meneceu, salve!

Que ninguém, porque é jovem, demore para filosofar, nem, porque é velho, se canse de filosofar; pois ninguém se decide cedo demais nem tarde demais a assegurar a saúde da alma. E quem disser que a hora de filosofar ainda não chegou, ou que essa hora já passou, assemelha-se àquele que, falando da felicidade, diz que essa hora ainda não chegou ou que já passou. Assim sendo, devemos filosofar quando somos jovens e quando somos velhos; no primeiro caso, para que ao envelhecer permaneçamos jovens com os bens, devido ao reconhecimento que sentimos pelo que passou; no segundo caso, para sermos ao mesmo tempo jovens e velhos por nos termos livrado do temor do que está por vir. Portanto, devemos ocupar-nos do que produz a felicidade, pois se ela estiver presente temos tudo, ao passo que se estiver ausente fazemos tudo para tê-la. E a filosofia a que eu continuamente te exortava, pratica-a, exercita-te nela, compreendendo claramente que estão aí os elementos do bem viver.

Epicuro, *Carta a Meneceu*

A arte de despertar

– De manhã cedo, quando penares para levantar, deverás ter em mente este pensamento: é para fazer obra de homem que desperto. Então como ainda posso ficar de mau humor, se vou fazer aquilo para que nasci e fui posto no mundo? Ou será que nasci apenas para permanecer deitado e aquecido sob os cobertores?

– Porém é mais agradável!

– Então nasceste apenas para ter prazeres egoístas? E, afinal de contas, foste feito para a passividade ou para a atividade? Não vês que as árvores, os pardais, as formigas, as aranhas, as abelhas cumprem suas respectivas tarefas e contribuem todos para o andamento do mundo? E tu, apesar disso, não queres fazer o que convém ao homem? Não participas da tarefa que é natural?

– Mas também precisamos descansar.

– Precisamos, concordo. Contudo, a natureza fixou os limites dessa necessidade, assim como estabeleceu limites para o comer e o beber.

Marco Aurélio, *Pensamentos*

Quando tiveres dificuldade em te arrancares de teu sono, lembra que está de acordo com tua constituição e com a natureza humana realizar ações úteis à comunidade, e que dormir é algo que tens em comum com os seres destituídos de razão. Ora, o que está de acordo com a natureza de cada ser tem raízes mais profundas, lhe é mais natural e portanto também mais agradável.

Marco Aurélio, *Pensamentos*

A noite nem sempre é boa conselheira

Se a escuridão nos torna medrosos e nos faz ver em toda parte figuras assustadoras, a imprecisão das idéias, que lhe é análoga, produz o mesmo resultado. A incerteza gera a falta de segurança; por isso à noite os objetos de nossa meditação, quando se referem a nossos interesses pessoais, facilmente assumem uma aparência ameaçadora e se tornam espantalhos; nesse momento o cansaço recobriu a mente e o discernimento com uma obscuridade subjetiva; o intelecto encontra-se prostrado e nada pode examinar a fundo. Isso ocorre quase sempre à noite, no leito. Como o espírito está totalmente relaxado, o discernimento já não tem seu pleno poder de ação mas a imaginação ainda está ativa. Então a noite empresta sua cor negra a todos os seres e a todas as coisas. Por isso, no momento de adormecermos ou quando despertamos no meio da noite, nossos pensamentos nos fazem ver os objetos tão desfigurados e desnaturados quanto em sonho; vemo-los tanto mais negros e mais aterrorizantes quanto mais de perto se referirem a assuntos pessoais. [...] Assim, esse momento não é propício para meditações sobre assuntos sérios e principalmente sobre assuntos desagradáveis. A hora favorável para isso é a manhã – como, em geral, para todo trabalho, sem exceção; trabalho mental ou físico. Pois a manhã é a juventude do dia. Nela tudo é alegre, novo e fácil; sentimo-nos vigorosos e dispomos de todas nossas faculdades. Não devemos abreviá-la levantando tarde, nem desperdiçá-la em ocupações ou conversas vulgares; ao contrário, é preciso considerá-la como a quintessência da vida e, por assim dizer, como algo sagrado. [...] Cada dia é uma pequena vida, cada despertar e cada levantar-se um pequeno nascimento, cada fresca manhã uma pequena juventude.

Arthur Schopenhauer, *Aforismos para a sabedoria de vida*

Preparar da melhor forma possível o futuro

Quem não se ocupa do futuro distante condena-se a preocupações imediatas.

Confúcio, *Os analectos*

A conduta sábia rola sobre dois eixos: o passado e o futuro. Quem tiver memória fiel e grande capacidade de prever estará a salvo do perigo de censurar nos outros o que talvez ele mesmo tenha feito, ou de condenar uma ação num caso semelhante e em quaisquer circunstâncias em que um dia ela lhe seja inevitável.

La Bruyère, *Os caracteres*

A maior previsão consiste em ter horas dela. Não existem acasos para os prevenidos, nem apertos para os avisados. Não se deve guardar o discernimento para o momento do afogo; deve-se ir de antemão e prevenir por madura reflexão o ponto mais difícil. O travesseiro é uma sibila muda, e dormir sobre as questões vale mais do que despertar debaixo delas. Alguns agem e depois pensam; isso é mais procurar justificativas do que resultados. Outros não pensam nem antes nem depois. A vida inteira deve ser um pensar para não perder o rumo. A reflexão e a previsão proporcionam a comodidade de antecipar-se à vida.

Gracián, *A arte da prudência*

Mais vale ocupar nosso espírito em suportar os infortúnios que nos acontecem do que em prever os que nos podem acontecer.

François de La Rochefoucauld, *Máximas*

. 2 .

Ter boa saúde e mantê-la

Mesmo que só pensemos nisso quando estamos doentes, não é preciso ser médico para conhecer a importância de uma boa saúde. Ela é fonte de alegria e de bem-estar, protegendo-nos assim de muitos infortúnios. Mas freqüentemente cedemos à negligência; por exemplo, por temermos o ruído estridente do motor na cárie, pretextamos mil ocupações para adiarmos a consulta de controle ao nosso dentista. No outro extremo, alguns hipocondríacos, à força de examinarem minuciosamente o corpo todo, num instante diagnosticam por conta própria um câncer e vão atormentar seu médico com recriminações, antes mesmo de deixarem que ele os ausculte. No campo da saúde, mais ainda que em qualquer outro, é indispensável a justa medida. A ela nos incita Schopenhauer, muito atento para a relação de causa e efeito que há entre a saúde e a felicidade; e também Madame du Châtelet, que explica como conciliar as paixões e a saúde; ou ainda Nietzsche, que, cinicamente, aconselha o doente a não permanecer tempo demais nesse estado, sob pena de ver seus amigos afastarem-se...

Mas, acima de tudo, devemos guardar na mente esta máxima de La Rochefoucauld, que adverte sobre os infortúnios a que se expõe o indivíduo excessivamente preocupado com a saúde: "É uma doença tediosa conservar a saúde por meio de um regime excessivamente rigoroso."

Boa saúde: condição básica para a tranqüilidade

Para percebermos claramente o quanto nossa felicidade depende de uma disposição alegre, e esta do estado de saúde, basta compararmos a impressão que as mesmas circunstâncias externas ou os mesmos acontecimentos produzem em nós durante os dias de saúde e vigor com a que produzem quando um estado de doença nos dispõe ao mau humor e à inquietação. [...] Em tese geral, nove décimos de nossa felicidade fundamentam-se na saúde. Com ela, tudo se torna fonte de prazer. [...] Por isso, não é sem razão que nos informamos mutuamente sobre nosso estado de saúde e que trocamos votos de "passar bem": na realidade, isso é mesmo o que há de mais essencialmente importante para a felicidade humana.

Schopenhauer, *Aforismos para a sabedoria de vida*

Advertência às pessoas acamadas

Devemos cuidar de não permanecer doentes por longo tempo. Isso porque os que nos cercam logo se irritarão com a obrigação ritual de demonstrar compaixão, pois lhes seria difícil demais manter-se por muito tempo nesse estado de espírito. Bem depressa acabarão suspeitando de nosso caráter e concluindo, sem cerimônias: "Mereceis estar doente e não precisamos mais empenhar-nos em sentir compaixão."

Nietzsche, *Humano, demasiado humano*

Origem das doenças psicossomáticas

[Os males do espírito] surgiram com toda sua força e malignidade na idade do ferro e, em conseqüência de sua corrupção, espalharam pelo mundo as diversas doenças que vêm afligindo os homens há tantos séculos. A ambição produziu as febres agudas e frenéticas; a inveja produziu a icterícia e a insônia; é da preguiça que advêm as letargias, as paralisias e as debilitações; a cólera gerou as sufocações, as ebulições do sangue e as inflamações do peito; o medo gerou as palpitações do coração e as síncopes; a vaidade gerou as demências; a avareza, a sarna e a tinha; a tristeza gerou o escorbuto; a crueldade, os cálculos; a calúnia e os falsos testemunhos espalharam o sarampo, a varíola e a púrpura, e ao ciúme se devem a gangrena, a peste e a raiva. As desgraças imprevistas geraram a apoplexia; os processos geraram a enxaqueca e a comoção cerebral; as dívidas geraram as febres consuntivas; o tédio do casamento causou a febre quartã, e a lassidão dos amantes que não ousam separar-se causou os vapores.

La Rochefoucauld, *Máximas*

Conseqüências da doença

Assim como nos transes da alma arrancamos os cabelos, batemos a cabeça, arranhamos o rosto ou, como Édipo, vazamos os olhos, da mesma forma, contra violentas dores físicas chamamos em nosso socorro um sentimento de intensa amargura, lembrando-nos de nossos caluniadores e detratores; imaginando nosso futuro da maneira mais sombria; lançando mentalmente maldades e punhaladas contra os ausentes. E às vezes é verdade que um demônio expulsa o outro – mas como nos desembaraçarmos desse outro mal? Eis por que é aconselhável aos doentes esta outra distração que parece acalmar as dores: refletir sobre as boas ações e sobre as gentilezas que podemos fazer para nossos amigos e inimigos.

Nietzsche, *Humano, demasiado humano*

Alguns conselhos especiais e sensatos para ter boa saúde

Um pouco de saúde aqui e ali é o melhor remédio para o doente.

Nietzsche, *Humano, demasiado humano*

Nada contribui mais para a alegria do que a saúde. [...] Conseqüentemente, deveríamos empenhar-nos acima de tudo em conservar aquele estado perfeito de saúde do qual floresce a alegria. Para isso, sabemos que devemos fugir de todo excesso e de todo desregramento, evitar qualquer emoção violenta e penosa, bem como toda tensão mental excessiva ou muito prolongada; também é preciso adotar diariamente pelo menos duas horas de exercício rápido ao ar livre, freqüentes banhos de água fria e outras medidas dietéticas da mesma espécie. Não haverá saúde se todo dia não nos movimentarmos o bastante.

Schopenhauer, *Aforismos para a sabedoria de vida*

O meio para viver muito é viver bem. Duas coisas abreviam a vida: a tolice e a maldade. Uns perderam-na por não saber conservá-la, outros por não o querer. Assim como a virtude é sua própria recompensa, o vício é seu próprio castigo. Quem vive arrebatadamente no vício acaba cedo e de duas maneiras; quem vive arrebatadamente na virtude nunca morre. A integridade do espírito comunica-se ao corpo, e a vida virtuosa não só é intensa como é longa.

Gracián, *A arte da prudência*

Para ter paixões, para poder satisfazê-las, certamente é preciso estar com boa saúde; esse é o primeiro bem; ora, tal bem não é tão independente de nós como pensamos. Como todos nascemos sadios (falo em geral) e feitos para durar um certo tempo, é indiscutível que, se não destruíssemos nossa constituição com a gula, com as noites em claro, enfim com os excessos, todos viveríamos mais ou menos o que se chama de "o tempo de vida humana". Excluo as mortes violentas, que não podem ser previstas e das quais portanto é inútil nos ocuparmos.

Mas, responder-me-ão, se vossa paixão é a gula, então sereis muito infeliz; pois, se quiserdes ter boa saúde, tereis de estar perpetuamente vos reprimindo. A isso respondo que, como a felicidade é vosso objetivo, ao satisfazerdes vossas paixões nada vos deve afastar desse objetivo; e, se a dor de estômago ou a gota causadas pelos excessos que cometeis à mesa vos provocarem dores mais fortes do que o prazer que sentis em saciar vossa gula, calculais mal se preferis desfrutar da saúde privando-vos da gula: estais afastando-vos de vosso objetivo, e sois infeliz por culpa vossa. Não vos lamenteis por serdes guloso, pois essa paixão é uma fonte de prazeres contínuos; mas sabei fazê-la prestar serviço à vossa felicidade. Isso vos será fácil se permanecerdes em vossa casa e ordenardes que vos sirvam apenas o que desejais comer. Observai períodos de dieta; se esperardes que vosso estômago deseje com uma fome verdadeira, tudo o que for apresentado vos causará tanto prazer quanto os pratos mais requintados, e nos quais não pensareis quando não estiverem diante de vós. Essa sobriedade que vos tereis imposto tornará mais vivo o prazer. Não a recomendo a fim de extinguir em vós a gula, mas sim para preparar-vos uma fruição mais deliciosa dela. Com relação às pessoas doentes, aos melindrosos a quem tudo incomoda, esses têm outras espécies de felicidade. Estar bem aquecido, digerir bem seu franguinho, ir ao banheiro é para eles um prazer. Uma tal felicidade (se é que se trata de felicidade) é insípida demais para que nos ocupemos dos meios para alcançá-la. Parece que essas espécies de pessoas estão numa esfera à qual não pode chegar aquilo que chamamos de felicidade, fruição, sentimentos agradáveis. São dignas de piedade; mas nada podemos fazer por elas.

Madame du Châtelet, *Discurso sobre a felicidade*

Para nos enrijecermos, devemos, enquanto estamos com boa saúde, submeter o corpo em seu todo, e também cada uma de suas partes, a muito esforço e fadiga, e nos habituar a resistir a tudo o que pode afetá-lo, por mais rudemente que seja. Em contrapartida, tão logo se manifeste um estado mórbido, seja do todo ou de uma parte, devemos recorrer imediatamente ao processo contrário, ou seja, poupar e tratar de todos os modos o corpo ou sua parte doente; pois aquilo que está indisposto ou debilitado não é passível de enrijecimento.

Schopenhauer, *Aforismos para a sabedoria de vida*

Devemos proteger nossos olhos contra toda luminosidade muito forte, principalmente quando for refletida, contra qualquer esforço na penumbra, contra a fadiga de observar longamente objetos muito pequenos; também devemos preservar nossos ouvidos dos ruídos excessivamente altos. Mas, acima de tudo, devemos poupar nosso cérebro de qualquer concentração forçada, demasiado contínua ou intempestiva; portanto, é preciso deixá-lo descansar durante a digestão, pois nesse momento a mesma força vital que, no cérebro, forma os pensamentos está trabalhando com total intensidade no estômago e nos intestinos...

Schopenhauer, *Aforismos para a sabedoria de vida*

Sempre que for possível, cuidai de não vos alimentardes às pressas. Mesmo em vossa casa, não devoreis o alimento. Comer é um ato sagrado. Exige que estejamos plenamente conscientes do que fazemos.

Rabino Nachman de Bratzlav, *A cadeira vazia*

Ficar deitado imóvel e pensar pouco: esse é o remédio mais fácil para todas as doenças da alma; e, com boa vontade, de hora em hora seu uso vai se tornando mais agradável.

Nietzsche, *Humano, demasiado humano*

Insaciável não o ventre, como afirma a maioria das pessoas, mas sim a opinião errônea sobre o indefinido saciamento do ventre.

Epicuro, *Sentenças vaticanas*

É preciso aprender a deixar o pensamento relaxar-se: depois de um descanso ele ressurgirá mais seguro e mais vivaz. Assim como não se deve explorar demais um solo fértil (pois não tardaremos a esgotá-lo se o fizermos produzir sem parar), um trabalho incessante abaterá o ardor da mente; uma pausa, um pequeno relaxamento irão devolver-lhe a energia. Quando é intenso demais, o esforço provoca uma espécie de desgaste e de depressão da inteligência. Aliás, o homem não sentiria tanto entusiasmo pelas distrações e pelos jogos se o prazer que deles obtém não satisfizesse um instinto. Mas se abusarmos demais dele a mente perderá seu impulso e seu vigor – assim como o sono é necessário para restaurar nossas forças, mas, se perdurar noite e dia, será a morte. Suspensão e supressão nunca são sinônimos.

Sêneca, *Da tranqüilidade da alma*

É preciso poupar o espírito e conceder-lhe de tempos em tempos um descanso que terá sobre ele o efeito de um alimento restaurador. Também é preciso passear em campo aberto, pois o céu e o ar livre estimulam e avivam a inteligência; ocasionalmente um afastamento, uma viagem, uma mudança de horizontes darão a ela um novo vigor; ou ainda uma boa refeição um pouco mais regada a vinho que habitualmente. Se for o caso, poderemos mesmo permitir-nos chegar à embriaguez, buscando nela não o embrutecimento mas a calma; pois dissipa as preocupações, modifica totalmente o estado de alma e cura a tristeza, assim como cura certas doenças. O inventor do vinho não foi chamado de *Liber* porque este libera a língua, mas sim porque liberta a alma das preocupações que a invadem, porque a estimula, tonifica-a, torna-a disposta a todas as ousadias.

Sêneca, *Da tranqüilidade da alma*

Numa perfeita arte de viver em que se alternam, seguindo uma ordem eficaz, esforço e descanso, seriedade e divertimento, trabalho e prazer, o passeio também tem seu lugar.

Karl Gottlob Schelle, *A arte de passear*

Acima de tudo é preciso dar ao cérebro a quantidade total de sono necessária para sua restauração, pois o sono é, para o homem todo, o que para o relógio é lhe darem corda.

Schopenhauer, *Aforismos para a sabedoria de vida*

. 3 .

Amor-próprio, vaidade, narcisismo: saber reconhecer os próprios erros

Conta a lenda que Narciso, fascinado por sua própria imagem, caminhava diariamente ao longo de um rio para contemplar-se refletido nele, e tanto fez que certo dia caiu na água e afogou-se. Essa parábola, que seria engraçada se não fosse tão trágica, pode aplicar-se a cada um de nós – em diferentes graus, é claro. Ao longo de toda nossa vida, oscilamos entre dois pólos: a auto-satisfação e a falta de autoconfiança. A auto-satisfação torna-nos insociáveis, desdenhosos, e mergulha-nos numa letargia que nos impede de avançar, pois, sendo perfeitos, o que nos falta realizar?

A falta de confiança deixa-nos desanimados, depressivos, e põe fim a todos nossos projetos, pois nos convencemos de que subitamente nos tornamos incapazes do que quer que seja.

Saber encontrar a justa medida entre esses dois excessos: a isso convidam-nos os filósofos, cada um em seus próprios termos. Negarmo-nos a reconhecer nossos defeitos, cobrirmos o rosto ante a realidade de nosso caráter exaltado, irascível ou pretensioso, nada disso adianta. Pois a comédia que representamos para nós mesmos não engana a ninguém, e principalmente aos que nos cercam. Por isso não basta admitirmos nossas imperfeições; também é preciso tentar corrigi-las. Nisso talvez nos auxiliem o humor e a autocrítica que as citações seguintes nos oferecem.

O vício do narcisismo

Só há no mundo uma coisa pior do que saber que falam de vós: é saber que não falam de vós.

Oscar Wilde, *Aforismos*

Os homens sempre desaprovam o que não são capazes de fazer.

Cristina da Suécia, *Máximas*

Estar descontente consigo mesmo é fraqueza; estar insatisfeito consigo é tolice. Na maioria dos homens, essa satisfação provém da ignorância e leva a uma felicidade cega que, embora alimente o gosto, não sustenta a reputação. Como não reconhece as superlativas perfeições nos outros, contenta-se com qualquer vulgar mediocridade em si.

Gracián, *A arte da prudência*

A espirituosidade da conversação consiste bem menos em mostrar muito dela do que em revelá-la nos outros: aquele que sai de uma conversa convosco contente consigo e com sua própria espirituosidade está totalmente contente convosco. Os homens não têm prazer em vos admirar, querem é agradar; procuram menos que os informem ou mesmo que os divirtam do que ser apreciados e aplaudidos; e o prazer mais delicado consiste em causar prazer a outrem.

La Bruyère, *Os caracteres*

Aquele que nega sua própria vaidade geralmente a tem tão gigantesca que instintivamente fecha os olhos diante dela para não ser obrigado a desprezar a si mesmo.

Nietzsche, *Humano, demasiado humano*

Ser enfatuado e estar firmemente convicto de que se tem muito espírito é um acidente que quase só acontece a quem não tem nenhum ou tem pouco. Infeliz aquele que se vir exposto à conversa de um tal personagem! [...] Que seria de vós e dele se alguém não aparecesse oportunamente para quebrar o círculo e interromper a narração?

La Bruyère, *Os caracteres*

Os homens olham a si mesmos de perto demais para se verem tais como são. Como enxergam suas virtudes e vícios apenas através do amor-próprio, que a tudo embeleza, são sempre testemunhas infiéis e juízes corruptos de si mesmos.

Montesquieu, *Elogio da sinceridade*

Há no mundo demasiados Narcisos, essas pessoas apaixonadas por si mesmas. Se encontram complacência nos amigos, estão perdidos. Sempre convictos de seu mérito, repletos de uma idéia que lhes é cara, passam a vida admirando-se. O que seria preciso para curá-los de uma loucura que parece incurável? Bastaria fazê-los perceber como são poucos seus rivais nesse amor; fazê-los sentir suas próprias fraquezas; colocar seus vícios na perspectiva necessária para que os enxerguem; achegar-se a eles e falar-lhes com a simplicidade da verdade.

Montesquieu, *Elogio da sinceridade*

A maioria dos homens são tão pessoais que no fundo nada tem interesse a seus olhos, exceto eles mesmos e exclusivamente. Disso resulta que, não importa de que se fale, imediatamente pensam em si mesmos; e tudo aquilo que, por acaso e o mais remotamente que seja, relaciona-se com algo que lhes diz respeito, atrai e prende tanto toda sua atenção que eles já não têm mais liberdade para captar a parte objetiva da conversação. [...] Por isso ficam distraídos tão facilmente, magoados, ofendidos ou melindrados tão facilmente que, mesmo ao conversarmos com eles de um ponto de vista objetivo e sobre qualquer assunto, não conseguiríamos evitar suficientemente tudo aquilo que, na conversação, poderia ter uma relação eventual, talvez desagradável, com o precioso e delicado *eu* que temos diante de nós.

Schopenhauer, *Aforismos para a sabedoria de vida*

Há um outro tipo de glória, que é uma opinião excessivamente boa que concebemos de nosso valor. É uma afeição irrefletida, pela qual nos encarecemos, que nos representa a nós mesmos diferentes do que somos, assim como a paixão amorosa empresta belezas e graças ao indivíduo que ela abraça e faz aqueles de quem se apossa considerarem, com um julgamento turvo e alterado, que o que amam é diferente e mais perfeito do que é.

Não desejo que, temendo errar por esse lado, um homem se desconheça nem que pense ser menos do que é. O discernimento deve manter seu direito em tudo: é justo que nesse assunto, como em outros, ele veja o que a verdade lhe apresenta.

Montaigne, *Ensaios*

Preferimos falar mal de nós mesmos a nada falar sobre nós.

La Rochefoucauld, *Máximas*

A virtude da autocrítica

Há muitos homens que teriam conseguido alcançar a sabedoria se não houvessem acreditado por si mesmos que a haviam alcançado, se não houvessem simulado ignorar algumas de suas imperfeições e não tivessem ficado cegos diante das outras. Pois não devemos supor que nossa própria adulação nos seja menos funesta que a de outrem. Quem ousa dizer a verdade a si mesmo? Qual é o homem que, em meio a um enxame de cortesãos que o incensam, não exageraria ainda mais as lisonjas que lhe dirigem?

Sêneca, *Da tranqüilidade da alma*

Quem acredita que pode encontrar em si mesmo o bastante para viver sem mais ninguém está muito enganado; mas quem acredita que os outros não podem viver sem ele está mais enganado ainda.

La Rochefoucauld, *Máximas*

Dirigir críticas a si mesmo é uma espécie de luxo. Quando fazemos a censura recair sobre nós, temos a impressão de que ninguém tem o direito de censurar-nos. É a confissão, e não o padre, que nos dá a absolvição.

Wilde, *Aforismos*

O outro como referência

Tão logo subis mais alto do que as pessoas que sentem admiração por vós, estas consideram que caístes e decaístes, pois tinham a sensação, em todas as circunstâncias, de estarem à altura (mesmo que fosse apenas graças a vós).

Nietzsche, *Humano, demasiado humano*

Em sociedade, aquele que dá ao outro oportunidade para valorizar-se exibindo sua ciência, suas experiências, coloca-se acima dele; e se esse outro não reconhecer sem reservas tal superioridade, fere gravemente sua vaidade – sendo que, ao contrário, julga satisfazê-la.

Nietzsche, *Humano, demasiado humano*

Quem praticou em sua vida uma grande ação não deve contentar-se com ela. Deve considerá-la insignificante e tentar superar-se sempre. Devemos estar sempre insatisfeitos conosco, por mais contentes conosco que os outros pareçam estar.

Cristina da Suécia, *Máximas*

Toma altura e observa esses milhares de rebanhos, de cerimônias, todas essas travessias na tempestade ou na bonança, essa diversidade de seres que nascem, vivem juntos e depois desaparecem. Pensa também na vida que outros levavam outrora, na que será vivida depois de ti [...]. Quantos homens não sabem teu nome; quantos o esquecerão logo; quantos que talvez agora te adulem não tardarão a criticar-te! E como a lembrança, e como a glória, e como enfim todas as outras coisas não valem o trabalho de mencioná-las!

Marco Aurélio, *Pensamentos*

Ao egotismo não faltam atrativos, mesmo na vida real. Quando as pessoas nos falam dos outros, geralmente são maçantes. Quando nos falam de si mesmas, quase sempre são interessantes; e, se fosse possível interrompê-las quando se tornam cansativas, como fechamos um livro que já não nos diverte, seriam perfeitas, absolutamente.

Wilde, *Aforismos*

Quase ninguém percebe por si mesmo o mérito de outrem. Os homens estão ocupados demais consigo para terem tempo de perscrutar ou de diferenciar os outros; disso resulta que, com um grande mérito e uma modéstia maior ainda, pode-se permanecer ignorado durante muito tempo.

La Bruyère, *Os caracteres*

Imagina-os quando comem, dormem, copulam, vão à privada etc. Em seguida, observa-os quando assumem ares importantes, fazem-se de orgulhosos, zangam-se e arrasam-nos com sua superioridade.

Marco Aurélio, *Pensamentos*

. 4 .

Prazer, tentação:
saber consumir com moderação

Na vida há duas facções: a dos homens dispostos a tudo para sentir prazer e a dos homens escrupulosos que se recusam a sucumbir à tentação. Epicuristas contra estóicos: os partidários do prazer confrontam-se com os que dificultam a vida à força de restrições, regimes ou princípios. Também nesse caso a justa medida é indispensável. Toda a história da humanidade está resumida nesse combate entre os homens que procuram por todos os meios tornar agradável a vida e os que se culpam por qualquer pequeno prazer. O leitor é livre para escolher seu próprio campo e os conselhos que melhor lhe convierem entre os que lhe são propostos por Cristina da Suécia, Epicuro, Marco Aurélio, Epicteto, Oscar Wilde, Baltasar Gracián, Nietzsche, Confúcio, Demócrito e Stendhal.

Uma definição de prazer

Chamo de prazer toda percepção que a alma prefere experimentar a não experimentar.

Henri Beyle, conhecido como Stendhal, *Do amor*

Prazer, modo de usar

Deve-se deixar os lábios ainda com néctar. O desejo é a medida da valorização. Até a sede material é estratagema de bom gosto estimular mas não saciar; o bom é duplamente bom quando pouco. Na segunda vez a desvalorização é grande. Farturas de agrado são perigosas, pois ocasionam menosprezo pela mais alta perfeição. A única regra para agradar consiste em encontrar o apetite espicaçado pela fome que lhe restou. Se for preciso irritar, que seja antes pela impaciência do desejo do que pelo fastio do gozo; desfruta-se em dobro a felicidade pela qual se penou.

Gracián, *A arte da prudência*

O único meio de nos libertarmos de uma tentação é ceder a ela. Se resistirdes, vossa alma ficará doente de tanto suspirar pelo que proibiu a si mesma.

Wilde, *Aforismos*

O homem cheio de alegria deve ser um homem bom; talvez não seja o mais inteligente, embora alcance aquilo a que o mais inteligente aspira com toda sua inteligência.

Nietzsche, *Humano, demasiado humano*

O cigarro é o exemplo perfeito do perfeito prazer. É requintado e deixa-nos insaciados.

Wilde, *Aforismos*

É preciso saber desfrutar sem escrúpulos tudo o que é lícito e também privar-se disso sem sofrimento.

Cristina da Suécia, *Máximas*

Mais vale não alicerçarmos nossa vida sobre uma base muito estreita de coisas cobiçadas; pois, se renunciarmos às alegrias suscitadas pelas honras, pelos relacionamentos mundanos, pelas voluptuosidades, pelo conforto e pelas artes, poderá chegar um dia em que subitamente perceberemos que, em vez de ter como amiga a sabedoria, a renúncia nos terá levado à saciedade e ao desprazer de viver.

Nietzsche, *Humano, demasiado humano*

Dizemos que o prazer é o princípio e o fim da vida venturosa. Pois foi o prazer que reconhecemos como o bem primeiro e congênito, e é a partir dele que começamos a escolher e a recusar, e é a ele que chegamos, julgando todo o bem com base na afeição tomada como regra.

Epicuro, *Carta a Meneceu*

Não é possível viver com prazer sem viver com prudência, e não é possível viver de forma boa e justa sem viver com prazer. Quem não dispuser dos meios para viver de forma prudente, assim como de forma boa e justa, não pode viver com prazer.

Epicuro, *Máximas capitais*

Nenhum prazer é um mal em si mesmo; mas as causas geradoras de certos prazeres trazem acessoriamente perturbações muito mais numerosas do que os prazeres.

Epicuro, *Máximas capitais*

Nunca vi alguém que apreciasse a virtude tanto quanto o sexo.

Confúcio, *Os analectos*

Os homens sentem em coçar-se o mesmo prazer que em fazer amor.

Demócrito, *Fragmentos*

Entre os prazeres, os mais raros são os mais intensos.

Demócrito, *Fragmentos*

O amor de um homem que ama bem compraz-se e vibra com tudo o que ele imagina, e não há na natureza nada que não lhe fale do que ele ama. Ora, comprazer-se e vibrar é uma ocupação muito interessante e ao lado da qual todas as outras esmaecem.

Stendhal, *Do amor*

Um homem culto nunca lamenta um prazer, ao passo que um homem inculto não tem a menor idéia do que se trata.

Wilde, *Aforismos*

Para ser feliz, é preciso ter se livrado dos preconceitos, ser virtuoso, estar bem de saúde, ter gostos e paixões, ser passível de ilusões – pois devemos à ilusão a maioria de nossos prazeres, e infeliz daquele que a perde. [...] É preciso começar por dizer firmemente a si mesmo (e por se convencer firmemente disso) que neste mundo nada temos a fazer além de nos proporcionarmos sensações e sentimentos agradáveis. Os moralistas que dizem aos homens: "reprimi vossas paixões e dominai vossos desejos, se quereis ser felizes" não conhecem o caminho da felicidade. Só somos felizes tendo gostos e paixões contentados.

Madame du Châtelet, *Discurso sobre a felicidade*

A medida certa do prazer

Três tipos de prazer são benéficos, três tipos de prazer são nefastos. Os benéficos: o prazer que extraímos de um ritual e de uma música bem executados, o prazer de celebrar os méritos de outrem, o prazer de ter muitos amigos cheios de talentos. Os nefastos: os prazeres da extravagância, os prazeres da vagabundagem, os prazeres da comilança.

Confúcio, *Os analectos*

Quando uma idéia de prazer apresentar-se a tua mente, cuida – como para as outras idéias – de não ceder a ela. Em vez disso, deixa para agir depois e obtém de ti um adiamento. Em seguida, compara os dois momentos: aquele em que desfrutarás o prazer e aquele em que, tendo desfrutado, te arrependerás e te recriminarás.

Epicteto, *Manual*

Para todos aqueles que extraem do ventre seus prazeres, comendo, bebendo e fazendo amor, tais gozos são breves e duram apenas o tempo de comer ou de beber; em contrapartida, são acompanhados de muitos sofrimentos. O desejo dos mesmos gozos renasce sem cessar e, depois de obter o que se propunha, o prazer desaparece rapidamente. Tudo o que há de bom nisso é apenas um instante de prazer; depois volta-se a ter necessidade das mesmas satisfações.

Demócrito, *Fragmentos*

Daquilo que diz respeito ao corpo, deverás tomar apenas o que for estritamente útil, quer se trate de alimento, de bebida, de moradia, de criadagem. Afasta tudo o que tenha a ver com a ostentação e o luxo.

Quanto aos prazeres do amor, na medida do possível conserva-te puro antes do casamento; porém depois de te comprometeres toma tua parte do que te é permitido. Entretanto, não sejas arrogante para com os que se servem deles, não os censures e não fiques te vangloriando de não fazeres o mesmo.

Epicteto, *Manual*

Prazeres de longa duração deixam de ser prazeres.

Cristina da Suécia, *Máximas*

Os limites do que é útil ou não são o prazer e o desprazer.

Demócrito, *Fragmentos*

Para saber a origem e a qualidade de um vinho não é preciso beber o tonel inteiro.

Wilde, *Aforismos*

. 5 .

Administrar bem a fortuna e seus reveses

Guardar dinheiro, poupar, fazer um pequeno pé-de-meia, ter uma conta na Suíça: é bom saber economizar. Porém a avareza não é uma solução para uma vida feliz. Portanto, é crucial saber administrar o dinheiro, não lhe atribuindo nem menos nem mais importância do que ele tem. Ou seja, não procurá-lo a qualquer preço, por exemplo nos jogos a dinheiro – adverte Madame du Châtelet; mas também saber ser feliz tendo apenas o dinheiro necessário para viver – observa La Bruyère. Não é bom, quando se é pobre, invejar os ricos, nem, quando se é rico, apegar-se ao que se possui, pois, como a sorte é caprichosa e mutável, deve-se estar sempre preparado para uma reviravolta na situação – é o ponto de vista de Baltasar Gracián.

Para encerrar, Sêneca e La Rochefoucauld recomendam que se pautem as necessidades de acordo com os recursos e que se procure a modéstia em tudo.

Dinheiro e moral

Apenas as pessoas de espírito deveriam possuir fortuna; de outra forma, ela representa um perigo público. Pois, quando o homem rico não sabe utilizar bem o lazer que a fortuna lhe proporciona, ele continua a cobiçar sempre mais bens: tal aspiração será sua diversão, seu melhor estratagema na luta contra o tédio.

Nietzsche, *Humano, demasiado humano*

Para um pobre, é difícil não ter amargura. Para um rico, é fácil não ter arrogância.

Confúcio, *Os analectos*

Se tudo for possuído, tudo será desengano e descontentamento; mesmo no entendimento sempre deve restar algo por saber, em que a curiosidade se sacie. A esperança dá alento; as farturas de felicidade são mortais. Ao recompensar, é engenhoso nunca satisfazer; se nada houver para desejar, tudo haverá para temer: felicidade infeliz. Onde acaba o desejo começa o temor.

Gracián, *A arte da prudência*

É grande arte saber governar a sorte, seja ao esperá-la, pois também nela cabe a espera, seja ao alcançá-la, pois tem hora e contingência, de tal forma que não se pode fixar-lhe o teor, tão anômalo é seu proceder. Quem a percebeu favorável prossiga com destemor, pois ela costuma apaixonar-se pelos ousados e, bizarra como é, pelos jovens. Quem estiver infeliz não aja: afaste-se, para não lhe dar espaço para duas infelicidades; adiante-se quem predominar sobre ela.

Gracián, *A arte da prudência*

Um homem muito rico pode comer várias sobremesas, pintar seus tetos e suas alcovas, possuir um palácio no campo e outro na cidade, ter uma grande criadagem, pôr um duque na família e fazer do filho um grande senhor. Tudo isso é correto e de sua alçada; mas talvez caiba a outros viverem contentes.

La Bruyère, *Os caracteres*

Devemos habituar-nos a manter distância do luxo, e a dar importância à utilidade dos objetos e não apenas à sua aparência. Comamos para acalmar a fome, bebamos para estancar a sede [...]. Aprendamos a cultivar em nós a moderação, a amenizar nosso amor pelo luxo, a reprimir nossa vaidade, a controlar nossa cólera, a manter a serenidade diante da pobreza, a praticar a frugalidade, apesar do que dirão os que consideram aviltante satisfazer tão modestamente os apetites naturais; mantenhamos em rédea curta as ambições desenfreadas de uma alma sempre obcecada com o futuro; esperemos a riqueza menos da sorte que de nós mesmos.

Sêneca, *Da tranqüilidade da alma*

Na casa da Fortuna, quem entra pela porta do prazer sai pela porta do pesar, e vice-versa. Atenção, pois, ao acabar, para pôr mais cuidado na felicidade da saída do que no aplauso da entrada. Uma descortesia habitual dela é os afortunados terem muito favoráveis os princípios e muito trágicos os finais. [...] Poucas vezes a sorte acompanha os que saem; o quanto se mostra receptiva com os que chegam, mostra-se descortês com os que partem.

Gracián, *A arte da prudência*

As comodidades da vida, a abundância, o sossego de uma grande prosperidade levam os príncipes a ter alegria de sobra para rirem de um anão, de um macaco, de um retardado e de uma história maldosa; as pessoas menos felizes só riem oportunamente.

La Bruyère, *Os caracteres*

Para ser um grande homem é preciso saber tirar proveito de toda sua fortuna.

La Rochefoucauld, *Máximas*

Prever os reveses da sorte

A sorte cansa-se de carregar às costas sempre o mesmo homem.

Gracián, *A arte da prudência*

É preciso manobrar a sorte como a saúde: desfrutar dela quando é boa, ter paciência quando é má, nunca recorrer a grandes remédios sem uma extrema necessidade.

La Rochefoucauld, *Máximas*

Suportamos mais facilmente nada possuir do que perder nossa fortuna; por isso entenderemos que a pobreza tem menos tormentos para temer porque tem menos riscos para correr. Pois é um erro pensar que os ricos aceitam mais corajosamente seus infortúnios: quer o corpo seja grande ou pequeno, os ferimentos são-lhe igualmente dolorosos.[...]

É tão penoso para um cabeludo como para um calvo sentir arrancarem-lhe os cabelos. O mesmo acontece no caso do pobre e do rico: o sofrimento de ambos é igual, o dinheiro está tão estreitamente ligado à sua alma que não se pode privá-los dele sem dor. Aliás, repito, nunca possuir coisa alguma é mais fácil de suportar e mais simples do que perder, e é por isso que se vê um ar mais alegre nas pessoas que a riqueza nunca conheceu do que nas que ela traiu.

Sêneca, *Da tranqüilidade da alma*

Um excesso de piolhos acaba por não mais causar coceira; um excesso de dívidas acaba por não mais causar tristeza.

Provérbio chinês

É conveniente fazer no verão provisão para o inverno, e mais cômodo: estão baratos então os favores, há abundância de amizades. É bom guardar para o mau tempo, pois a adversidade é cara e tem penúria de tudo. Que haja uma reserva de amigos e agradecidos, pois algum dia se dará apreço ao que agora não se valoriza. O homem rude nunca tem amigos na prosperidade porque não os desconhece; na adversidade, porque desconhecem a ele.

Gracián, *A arte da prudência*

Fragilidade da fortuna

Não devemos invejar a uma certa espécie de pessoas suas grandes riquezas; possuem-nas a título oneroso e que não nos conviria: para tê-las, empregaram seu sossego, sua saúde, sua honra e sua consciência. É caro demais e nada há a ganhar em tal negociação.

La Bruyère, *Os caracteres*

É aos trinta anos que devemos pensar em fazer nossa fortuna. Ela não se faz aos cinqüenta: começaremos a construir na velhice e morreremos quando estivermos tratando com os pintores e os vidraceiros.

La Bruyère, *Os caracteres*

O que esbanjamos tiramos de nosso herdeiro; o que economizamos sordidamente tiramos de nós mesmos. O meio-termo é justo para nós e para os outros.

La Bruyère, *Os caracteres*

O inferno do jogo

Mil pessoas arruínam-se no jogo e dizem-vos friamente que não conseguiriam passar sem jogar; que desculpa! Haverá alguma paixão, por violenta ou vergonhosa que seja, que não possa falar essa mesma linguagem? Acaso estaríamos autorizados a dizer que não podemos passar sem roubar, sem assassinar, sem nos precipitarmos no abismo? Um jogo terrível, ininterrupto, sem moderação, sem limites, em que se visa apenas à ruína total do adversário, em que se fica arrebatado pelo desejo de ganhar, desesperado com a perda, consumido pela avareza, em que se arrisca numa carta ou no acaso dos dados a própria fortuna, a da esposa e dos filhos, será uma coisa lícita ou sem a qual se deva passar? Acaso não é preciso violentar-se mais, quando, impelido pelo jogo até um desbaratamento total, tem-se até mesmo de ficar sem roupas e alimentos e deixar de fornecê-los à família? Não consinto que ninguém seja um escroque, mas consinto que um escroque arrisque muito; proíbo-o a um homem de bem. É infantilidade demais expor-se a uma grande perda.

La Bruyère, *Os caracteres*

Há uma paixão muito insensata [...] cujo motivo, por mais oculto que seja, é até humilhante e por si só deveria bastar para curar dela, e que porém pode causar felicidade: é a paixão do jogo. Seremos felizes em tê-la se pudermos moderá-la e reservá-la para a época de nossa vida em que esse recurso nos será necessário; essa época é a velhice. É indiscutível que o amor ao jogo tem sua origem no amor ao dinheiro; não há indivíduo para quem o jogo alto (chamo de jogo alto aquele que pode fazer diferença em nossa fortuna) não seja um objeto interessante. Nossa alma quer ser agitada pela esperança ou pelo temor; ela só fica feliz com as coisas que a fazem sentir que existe. Ora, o jogo coloca-nos constantemente às voltas com essas duas paixões, e portanto mantém nossa alma numa emoção que é um dos grandes princípios de felicidade que podem existir em nós. (...) É indiscutível que as exigências físicas são a fonte dos prazeres dos sentidos, e estou convicta de que há mais prazer numa fortuna mediana do que numa abundância total. Uma caixinha, uma porcelana, um móvel novo são um verdadeiro gozo para mim; mas se eu tivesse trinta caixinhas seria pouco sensível à trigésima primeira. Nossos gostos embotam-se facilmente com a saciedade; e devemos agradecer a Deus por haver-nos dado as privações necessárias para conservá-los. É isso que faz um rei entediar-se tão freqüentemente e que torna impossível ele ser feliz – a menos que tenha recebido do céu uma alma grande o bastante para ser sensível aos prazeres de sua posição, ou seja, ao prazer de tornar feliz um grande número de homens; mas então essa posição se torna a primeira de todas em felicidade, como o é em poder.

Madame du Châtelet, *Discurso sobre a felicidade*

. 6 .

Ter a consciência tranqüila

A própria expressão já contém a noção de tranqüilidade, que é nosso tema. Assim, existiria também uma "consciência intranqüila", ou seja, sobrecarregada, pouco à vontade ou, em outras palavras, com algo a esconder. Concentrar todos os esforços em evitar a descoberta de um segredo indigno, de um mistério que revelaria nosso caráter ruim, nossa maldade ou, pior ainda, nossa desonestidade – aí está algo que pode esgotar-nos rapidamente. É por isso que devemos (e todos os pensadores estão de acordo), diariamente e em todas as circunstâncias, agir tendo em mente que amanhã precisaremos assumir nossos atos. Esse é portanto um motivo a menos para nos preocuparmos e uma direção suplementar a tomarmos no caminho da tranqüilidade.

Não faças em tua vida nada que receies que teu vizinho fique sabendo.

Epicuro, *Sentenças vaticanas*

Aplicamos a nós mesmos uma justiça criteriosa e, quanto mais pudermos prestar-nos testemunho de que cumprimos nossos deveres, de que fizemos todo o bem que podíamos fazer, enfim de que somos virtuosos, mais saborearemos essa satisfação interior que se pode chamar de saúde da alma. Duvido que haja sentimento mais delicioso do que aquele que experimentamos quando acabamos de fazer uma ação virtuosa e que merece a estima das pessoas de bem.

Madame du Châtelet, *Discurso sobre a felicidade*

Deves nunca perder o respeito por ti mesmo nem teres por que enrubescer quando a sós contigo. Que tua própria consciência seja a norma de tua retidão e devas mais à severidade de suas leis do que a todos os preceitos externos. Abstém-te de fazer o que não é decente, mais por temor a teu próprio discernimento do que pelo rigor da autoridade alheia.

Gracián, *A arte da prudência*

É homem digno de consideração aquele que observa que o observam ou que o observarão. Ele sabe que as paredes ouvem e que o malfeito faz de tudo para mostrar-se.

Mesmo quando está sozinho, age como se estivesse à vista de todo o mundo, porque sabe que tudo se saberá; e já encara como testemunhas agora aqueles que, com a descoberta, o serão depois. Quem deseja que o mundo o veja não evita que a vizinhança o observe em sua casa.

Gracián, *A arte da prudência*

Mesmo na solidão, não digas nem faças nada reprovável. Deves aprender a respeitar-te muito mais diante de tua própria consciência do que diante de outrem.

Demócrito, *Fragmentos*

Esquecemos facilmente nossos erros quando são conhecidos apenas por nós.

La Rochefoucauld, *Máximas*

Podemos lavar nossa túnica mas não nossa consciência.

Provérbio persa

. 7 .

*Saber distinguir entre o que depende
de si e o que não depende*

Não é preciso acreditar em destino para nos convencermos de que na vida há sempre coisas das quais não escapamos. Uma perna quebrada na véspera das férias, um despertador que esquece de tocar no dia de um exame, um encontro imprevisto com alguém que irá mudar o rumo de nossa vida... Qualquer que seja o poder misterioso que se ocupa de nós, geralmente é inútil tentar lutar contra ele. O essencial é procurar um lado bom em cada acontecimento inesperado e imprevisível que surgir. O resto virá naturalmente. Isso não significa de forma alguma que devamos nos tornar espectadores de nossa própria vida. Ao contrário, devemos aprender a adaptar nossas ações e nossas expectativas, sempre tendo em mente o seguinte: podemos exercer nossa vontade e nossa atividade sobre certas coisas, mas é inútil nos desconsolarmos por causa daquelas em que nada podemos. Quando nos convencermos disso, a vida subitamente se tornará muito mais satisfatória.

Não peças que aquilo que acontecer aconteça como desejas. Em vez disso, deseja que as coisas aconteçam como acontecem, e serás feliz.

Epicteto, *Manual*

Não devemos irritar-nos contra as coisas, pois elas não se importam com isso.

Eurípides, *Fragmentos*

Quem sabe esperar pelo bem a que aspira não toma a atitude de desesperar-se caso este não lhe aconteça; e, ao contrário, quem deseja uma coisa com grande impaciência desgasta-se demais, a ponto de não ser suficientemente recompensado pelo sucesso.

La Bruyère, *Os caracteres*

Se queres que teus filhos, tua mulher e teus amigos vivam para sempre, és um tolo, pois queres que dependa de ti algo que não depende, e que caiba a ti algo que cabe a outrem. Da mesma forma, se queres que teu escravo não cometa falta alguma, és um tolo, pois queres que o vício não seja vício e sim outra coisa. Mas, se queres não deixar de obter o que desejas, podes consegui-lo. Portanto, dedica-te àquilo que podes.

Epicteto, *Manual*

As coisas mais desejadas não acontecem; ou, se acontecem, não é na hora nem nas circunstâncias em que teriam causado um extremo prazer.

La Bruyère, *Os caracteres*

Lembra-te de que és como um ator fazendo o papel que o autor dramático quis dar-te: breve, se for breve; longo, se for longo. Se ele quiser que desempenhes o papel de mendigo, desempenha-o adequadamente. Faze o mesmo com um papel de coxo, de magistrado, de cidadão comum. Com efeito, depende de ti desempenhares bem o personagem que te é atribuído; mas escolhê-lo cabe a outrem.

Epicteto, *Manual*

Nada deveria prejudicar um homem, a não ser ele mesmo. Absolutamente nada deveria poder ser tirado de um homem. O que um homem possui realmente é o que está nele. O que está fora dele não deveria ter a menor importância.

Wilde, *Aforismos*

. 8 .

Viver sem ser assombrado pela morte

Desde que os homens se sabem mortais e desde que aprenderam a escrever, o espectro da morte tem feito correr rios de tinta de suas penas febris. Quer seja encarada como a passagem para uma vida melhor ou como o coroamento da vida humana, a morte é sempre uma obsessão. Seguida de um cortejo de clichês assustadores, é simbolicamente representada como uma velha com um véu e segurando na mão uma foice. Embora os médicos a considerem uma ocorrência biológica perfeitamente normal e o dicionário a defina objetivamente como "cessação definitiva da vida", conserva, apesar de tudo, seu cunho fascinante e inquietante.

Uma vez que ninguém voltou para contar o que realmente acontece, como então explicar a angústia e o medo que a idéia da morte causa?

Pensando bem, já que não sabemos o que ela nos traz, só deveríamos temê-la porque nos priva daqueles que amamos. É nesse ponto que interferem os filósofos, um após outro procurando convencer-nos de que nada há a temer em nossa própria morte, pois nada sabemos sobre ela; e de que, em certas circunstâncias, chega a ser uma libertação.

A nossa

A morte só vem uma vez mas se faz sentir em todos os momentos da vida: é mais árduo receá-la do que sofrê-la.

La Bruyère, *Os caracteres*

Se de todos os homens uns morressem e outros não, morrer seria uma aflição desoladora.

La Bruyère, *Os caracteres*

Para as espigas é uma maldição não serem colhidas, e para os homens seria uma maldição não morrer.

La Bruyère, *Os caracteres*

Quem tem medo da morte tem medo de não experimentar mais nenhum sentimento ou de experimentar outros. Mas, se não houver mais nenhum sentimento, não sentirás mal algum. E se passares a ter outros sentimentos serás um ser diferente, e não terás cessado de viver.

Marco Aurélio, *Pensamentos*

Os homens começam pelo amor, terminam pela ambição e freqüentemente só assumem uma atitude mais tranqüila quando morrem.

La Bruyère, *Os caracteres*

O modo como um homem pensa na morte enquanto está vivendo seus mais belos anos e enquanto está em plena força da idade sem dúvida expressa e atesta fortemente o que chamamos de seu caráter; na hora da morte, porém, sua atitude no leito de agonia pouco significa quanto a esse ponto. O esgotamento da vida que então ocorre, sobretudo quando são pessoas idosas que estão morrendo, a irrigação irregular e insuficiente do cérebro nesses derradeiros momentos, o que às vezes há de insuportável na dor, a novidade dessa experiência desconhecida, e muito freqüentemente um acesso de medo, um apelo à superstição, como se a morte tivesse grande importância e fosse preciso cruzar pontes da mais apavorante espécie – de tudo isso, nada permite que se considere a morte como um testemunho sobre a vida. É um erro acreditar que em geral o moribundo seja mais sincero do que o homem vivo; muito ao contrário, quase todos são impelidos, pela atitude solene dos que os cercam, pelas lágrimas e efusões contidas ou derramadas, a uma comédia de vaidade, ora consciente, ora inconsciente. A seriedade com que é tratado todo moribundo certamente tem sido, para muitos pobres-diabos desprezados durante toda a vida, o prazer mais delicioso, uma espécie de compensação e de indenização por um grande número de privações.

Nietzsche, *Humano, demasiado humano*

Todo homem que teme a morte é incapaz de grandes coisas.

Cristina da Suécia, *Máximas*

Ninguém tem tanta sorte na vida para, na hora da morte, não ter à sua volta quem saúde com alegria o mal que lhe está ocorrendo. Era ele consciencioso e sábio? Sempre haverá alguém para dizer consigo mesmo: "Até que enfim vamos poder respirar sem esse mestre-escola! É verdade que ele não incomodou muito nenhum de nós, mas eu sentia que, em seu íntimo, nos desaprovava." É isso que dirão do consciencioso. Quanto a nós outros, quantas outras razões levam alguns a desejar ver-se livres de nós! Deverias refletir sobre isso ao morrer, e irás daqui muito mais facilmente se pensares: "Deixo esta vida durante a qual meus próprios companheiros, por quem tanto lutei, tantos votos formulei, com quem tanto me preocupei, são os primeiros a desejar meu desaparecimento, na esperança de obterem disso algum proveito!" Por que então faríamos questão de prolongar nossa permanência aqui embaixo?

Entretanto não deves, por causa disso, partir com sentimentos de menos benevolência para com eles. Conserva teu humor habitual, sê amigável, benevolente, atencioso, sem fazer crer que te estão expulsando. Mas, assim como numa morte serena a alma se desprende facilmente do corpo, assim deves retirar-te do meio deles; pois foi a eles que a natureza te ligou e te associou.

– Mas hoje ela te separa deles.

– Separo-me então como nos separamos entre amigos, sem resistir mas sem constrangimento, pois esse também é um dos atos conformes com a natureza.

Marco Aurélio, *Pensamentos*

Pela perspectiva certa da morte, poderíamos acrescentar à vida uma deliciosa e perfumada gota de despreocupação – mas vós, singulares alquimistas da alma que sois, transformastes essa gota em veneno amargo que torna repugnante a vida inteira!

Nietzsche, *Humano, demasiado humano*

Habitua-te a pensar que conosco a morte não tem relação alguma, pois todo o bem e todo o mal residem na sensação; ora, a morte é privação de sensação. Segue-se daí que um conhecimento exato do fato de que a morte não tem a menor relação conosco permite que desfrutemos do cunho mortal da vida, pois ela não lhe impõe um tempo inacessível e sim, ao contrário, retira o desejo de imortalidade. Pois nada há a temer no fato de viver, para quem compreende verdadeiramente que nada há a temer no fato de não viver. Tanto assim que é tolo quem afirma temer a morte não porque ela o afligirá quando chegar mas sim porque o aflige com a idéia de que chegará. Pois a morte – que, quando chega, não nos causa embaraço – provoca uma aflição vazia quando esperamos por ela. Portanto o mais terrificante dos males, a morte, não tem a menor relação conosco, pois enquanto existimos ela ainda não chegou e quando tiver chegado não existiremos mais.

Epicuro, *Carta a Meneceu*

Quem, mesmo com os mais raros talentos e os mais excelentes méritos, pode não estar convicto da própria inutilidade, quando considera que ao morrer deixa um mundo que não se ressente de sua perda e onde se encontram tantas pessoas para substituí-lo?

La Bruyère, *Os caracteres*

Alguns, devido à própria ignorância a respeito da decomposição reservada à nossa natureza, devido também à consciência que têm de suas más ações, passam a vida perturbados e angustiados, imaginando fábulas mentirosas sobre o que ocorre após a morte.

Demócrito, *Fragmentos*

Quanto à morte, esse instante em que a alma se afasta do corpo é demasiadamente fugidio e breve para que possamos ter consciência dele. Quer uma corda vos estrangule, quer a água vos asfixie, quer racheis a cabeça ao cair na rua ou aspireis vapores que vos sufoquem, qualquer que seja o meio, o resultado é rápido. Não deveríamos envergonhar-nos de que uma coisa que dura tão pouco nos assuste por tanto tempo?

Sêneca, *Da vida feliz*

O que perturba os homens não são as coisas e sim os julgamentos que eles fazem sobre essas coisas. Assim, a morte nada tem de assustador; a Sócrates, aliás, ela não o pareceu. Mas o que é assustador é o julgamento que fazemos sobre a morte, declarando-a assustadora.

Epicteto, *Manual*

Quantas vezes morremos de nosso medo de morrer!

Sêneca, *Da tranqüilidade da alma*

Quem teme a morte nunca fará obra de homem; mas quem disser consigo que, desde o momento em que foi concebido, seu destino estava traçado, viverá a vida mais serenamente; e ademais, graças a essa mesma força espiritual, terá a vantagem de nunca se deixar surpreender por acontecimento algum. Considerando antecipadamente que tudo o que ocorre devia ocorrer, ele amortizará o choque de todos os males; pois para quem está preparado e espera por ele o infortúnio nada tem de desconcertante.

Sêneca, *Da tranqüilidade da alma*

Para quem considera que só é bom o que ocorre na hora certa, para quem é indiferente realizar um número maior ou menor de ações conformes com a retidão, para quem pouco importa contemplar o mundo menos ou mais longamente – para esse homem a morte nada tem de temível.

Marco Aurélio, *Pensamentos*

A de outrem

Habitualmente, achamos incompreensível a ausência de um homem muito tempo após sua morte; para os homens muito grandes, freqüentemente apenas após dezenas de anos. Quem é franco diz consigo, por ocasião de um falecimento, que definitivamente não há muito a lamentar e que esse que está pronunciando solenemente o discurso fúnebre é um hipócrita. Mas só muito mais tarde é que se mede a razão de ser de um indivíduo; e seu verdadeiro epitáfio é um suspiro de saudade.

Nietzsche, *Humano, demasiado humano*

. 9 .

Remorsos e arrependimentos

O que está feito está feito. Então, como reagir ante um erro cometido? É em seu próprio temperamento que cada qual encontrará a resposta. Alguns passam a vida lamentando amargamente um erro que outros repetem todos os dias. Sem julgar estes nem aqueles, perguntemo-nos em que medida o arrependimento é útil para nosso bem-estar e nossa tranqüilidade. Reconhecer um erro e livrar-se dele: esse é o fruto que devemos esperar obter dos remorsos e dos arrependimentos.

Nosso arrependimento não é tanto uma tristeza pelo mal que já causamos quanto um temor pelo mal que nos pode advir disso.

La Rochefoucauld, *Máximas*

Em nossos dias, a maioria das pessoas morrem por uma espécie de bom senso rasteiro e descobrem tarde demais que os erros são a única coisa que nunca lamentamos.

Wilde, *Aforismos*

Nunca se deixar invadir pelo remorso, mas imediatamente dizer consigo: "Isso seria acrescentar um segundo erro ao primeiro." Se tivermos causado mal, deveremos pensar em fazer o bem. Se formos punidos por causa de nossa má ação, deveremos suportar o castigo, com o sentimento de assim fazer uma coisa boa: pelo exemplo que representamos, impedimos os outros de cair na mesma loucura. Todo malfeitor punido deve considerar-se um benfeitor da humanidade.

Nietzsche, *Humano, demasiado humano*

Lamentar os atos vergonhosos praticados é salvar a própria vida.

Demócrito, *Fragmentos*

O remorso, vão como a mordida de um cão numa pedra, é uma tolice.

Nietzsche, *Humano, demasiado humano*

. 10 .

Perante o infortúnio

Ninguém deseja ser infeliz. Entretanto, pode acontecer que o sejamos, independentemente de nossa vontade. Mas existem alguns meios de nos prepararmos para ser menos duramente afetados pelos obstáculos que se erguem em nosso caminho.

Em primeiro lugar, mesmo que seja melhor, por prudência, esperar duros golpes, de nada adianta esquentar a cabeça (Marco Aurélio). Em seguida, não devemos conjecturar sobre nossa própria capacidade de reação, pois em caso de força maior extraímos de dentro de nós recursos que nunca teríamos imaginado possuir (La Bruyère). Por fim, é inútil sucumbir ao pessimismo, que é um de nossos piores aliados para nos fazermos infelizes (Sêneca). Uma colher de sopa de prevenção, um grama de otimismo, uma pitada de coragem, e o jogo está feito.

A arte de viver assemelha-se mais à arte da luta que à da dança, na medida em que temos de nos manter preparados, e sem tremer, para aparar os golpes diretos e inesperados.

Marco Aurélio, *Pensamentos*

Existem males pavorosos e desgraças horríveis em que não ousamos pensar e dos quais a simples visão faz tremer. Mas, se acontece de cairmos neles, descobrimos em nós recursos que não conhecíamos, inteiriçamo-nos contra nosso infortúnio e fazemos melhor do que esperávamos.

La Bruyère, *Os caracteres*

A decepção é muito menos penosa quando não contamos antecipadamente com o sucesso.

Sêneca, *Da tranqüilidade da alma*

Um fidalgo dos nossos, extremamente sujeito à gota, sendo pressionado pelos médicos a abandonar totalmente o uso das carnes salgadas, acostumara-se a responder muito espirituosamente que desejava ter o que culpar pelos ataques e tormentos do mal, e que vituperando e maldizendo ora o salsichão, ora a língua de boi e o presunto, sentia-se proporcionalmente aliviado. [...] Que causas não inventamos para as desgraças que nos advêm? O que não culpamos, com ou sem razão, para termos com que esgrimir?

Montaigne, *Ensaios*

"O que pode atingir um pode atingir todos os outros." Se nos compenetrarmos profundamente dessa máxima e se, presenciando as inúmeras desgraças que diariamente afetam nosso próximo, pensarmos que elas poderiam nos afetar igualmente, seremos homens armados muito tempo antes do ataque. Quando o perigo se faz presente já não é mais tempo de nos fortalecermos contra ele.

Sêneca, *Da tranqüilidade da alma*

Às vezes uma bela casa que herdamos, um bom cavalo ou um bonito cachorro de que nos tornamos donos, uma tapeçaria, um relógio é o suficiente para amenizar uma grande dor e para tornar menos sentida uma grande perda.

La Bruyère, *Os caracteres*

A primeira coisa a evitar é agitarmo-nos por objetivos inúteis ou de um modo inútil; ou seja, conceber ambições irrealizáveis ou perceber um pouco tarde, depois de satisfeitos nossos desejos, que nos afainamos sem outro benefício. Em outras palavras, devemos evitar, de um lado, os esforços estéreis e sem resultado, e de outro lado os resultados não proporcionais ao esforço. Pois é quase fatal que nosso humor se torne sombrio tanto depois de um fracasso como depois de um sucesso de que devemos envergonhar-nos.

Sêneca, *A cólera*

Em nossos infortúnios pessoais, devemos sempre dar à dor apenas o que a natureza exige, e não o que as conveniências esperam. Muitas pessoas derramam lágrimas para que os outros as vejam correr e ficam de olhos secos tão logo ninguém as esteja mais vendo. Mas considerariam desonroso não chorar quando todo o mundo o faz: o hábito de submeter-se à opinião alheia é um mal tão inveterado que mesmo o mais espontâneo de todos os sentimentos, a dor, tem também sua afetação.

Sêneca, *Da tranqüilidade da alma*

Se te mostras fraco nos dias de adversidade, tua força não é mais que fraqueza.

Livro dos provérbios, Bíblia

O homem é um aprendiz e a dor é seu mestre.

Alfred de Musset, *Noite de maio*

. 11 .

Não encolerizar-se

Perder as estribeiras, lançar fogo pelas ventas, soltar os cachorros, bufar, subir a serra – enfim, encolerizar-se – faz parte da vida diária de cada um de nós. Como arma, utilizamos a cólera em resposta à maldade de outrem, como defesa contra nossa impotência. Mas ela também pode resultar de uma irascibilidade incontrolável, que irrompe sem aviso, sem causa e sem objetivo. Sentimento universal muito comum, a cólera prejudica o homem tanto física como moralmente, conforme indica a própria etimologia da palavra, derivada do termo grego cholē, *que designa a bílis. Portanto, a cólera é o resultado de uma secreção abundante de bílis (cuja retenção provoca a icterícia). Assim, tornando doente o homem, afasta-o dos que o cercam. Na Bíblia ela é mencionada em várias passagens, como nefasta para o homem e seu bem-estar. Diz o Eclesiastes: "A inveja e a cólera abreviam os dias." Já anteriormente Menandro declarava em seus fragmentos (século IV a.C.): "A cólera nunca aconselhou bem." Marco Aurélio (século II d.C.) também adverte sobre o perigo que ela representa: "As conseqüências da cólera são muito mais graves do que suas causas." E por fim, mais perto de nós, La Fontaine afirma em uma de suas fábulas que "devemos fazer a cólera dormir fora".*

Em resumo, a cólera ocupa a mente dos pensadores que, desde a Antiguidade, alternadamente tentam defini-la, justificá-la ou combatê-la. Quanto ao essencial, eles estão de acordo: trata-se de um sentimento mau, e especificamente humano; portanto, pode ser combatido pela razão.

Pois, evidentemente, a cólera está nos antípodas da tranqüilidade. Por que diabos encolerizar-se, quando é possível expressar o descontentamento por meio de palavras simples e eficazes?

Sêneca, nascido quatro anos antes de nossa era, é o mais eloqüente com relação a esse sentimento e suas conseqüências. Estadista, autor de tragédias, filósofo e preceptor, dedicou-lhe longas horas de reflexão e um ensaio em prosa: De ira *(41 d.C.).*

Na época em que ele redige esse texto, Calígula faz em Roma um reinado de terror. Sêneca, amigo íntimo das irmãs do imperador, atua como cabeça pensante num contexto político à deriva. Calígula é assassinado e Sêneca, acusado de adultério por Cláudio, irmão do imperador morto, é exilado na Córsega. Provavelmente é durante esse exílio que escreve o De *ira, dirigindo-o ficticiamente a seu irmão Novatus. Nesse ensaio, examina a cólera em todos seus recônditos: define-a, descreve suas características e indica os meios para corrigir esse vício que, segundo ele, estava na origem dos massacres que Calígula cometera. Mais tarde Sêneca utilizará os frutos dessa reflexão na educação que dá a Nero, de quem se torna preceptor (49 d.C), antes de ser acusado novamente, mas agora de conspiração, e suicidar-se por ordem de seu ex-discípulo, em 65 d.C.*

A vida e a obra de Sêneca oferecem material para meditarmos e tomarmos medidas a fim de não mais ceder à cólera, essa devastadora paixão da alma.

Retrato de um homem encolerizado

Se queres ter a prova de que aqueles a quem a cólera domina não estão em seu juízo, observa seu comportamento; pois, se olhos convulsos e ameaçadores, fronte sombria, expressão feroz, andar precipitado, mãos trêmulas, mudança de cor, respiração forte e ofegante são sintomas evidentes de loucura, os mesmos sinais encontram-se na cólera: os olhos incendeiam-se, lançam chispas; um intenso rubor invade o rosto, pela ação do sangue que aflui; os lábios tremem; os dentes rangem; os cabelos erguem-se e se eriçam; a respiração é opressa e ruidosa; as articulações, retorcendo-se, estalam; aos gemidos, aos urros mesclam-se retalhos de frases incompreensíveis; as mãos entrechocam-se sem cessar; os pés golpeiam o solo; o corpo inteiro move-se e lança ameaças raivosas; os traços, esgazeando e inchados, mostram-se desfigurados e pavorosos. Não se sabe o que predomina nesse vício, se o odioso ou o horrendo. [...] A cólera nada tem de grandioso nem de nobre. [...] Só é realmente grande o que também é tranqüilo.

Sêneca, A cólera

A cólera na origem da barbárie?

Para que não nos enganemos e não acreditemos em seu papel benfazejo em nenhuma circunstância, em nenhum lugar, é preciso descrever a raiva desenfreada e fulminante, e entregar-lhe seus apetrechos habituais: cavaletes, garrotes, cruzes, fogueiras acesas em volta de corpos empalados, ganchos arrastando cadáveres, diversas espécies de grilhões, diversas espécies de sevícias, esquartejamentos, marcas na fronte, antros de feras monstruosas. É aí que devemos colocar a cólera, cuja expressão tem algo de sinistro e de lúgubre, ainda mais apavorante do que todos os instrumentos de seu furor. Se subsistir a menor dúvida sobre suas outras conseqüências, pelo menos reconheceremos que nenhum sentimento torna tão horrendo o semblante. [...] Encontraremos um meio de não ceder à cólera se de tempos em tempos colocarmos ante nossos olhos todos seus vícios e se lhe atribuirmos seu exato valor.

Sêneca, *A cólera*

Algumas regras elementares para não sucumbir novamente à cólera

1. Para que a alma esteja tranqüila, é preciso não a maltratar nem a fatigar com empreendimentos numerosos, importantes e superiores às suas forças.

2. Saibamos evitar as ofensas, já que não sabemos suportá-las. Devemos viver num ambiente pacífico, que não seja conturbado nem soturno; o homem imita os costumes dos que o cercam e, assim como certas afecções físicas se transmitem pelo contato, também a alma transmite seus males aos que estão próximos. [...] Além de ser mais proveitoso conviver com pessoas calmas, não encontramos motivos para irar-nos e já não cedemos a nosso vício. Por isso também devemos evitar todos os que sabemos que podem excitar a irascibilidade.

3. Se temos consciência de nossa irritabilidade, devemos escolher de preferência pessoas capazes de pautar-se por nosso humor e nossas palavras. É claro que elas nos tornarão caprichosos, nos levarão a adquirir o mau hábito de não ouvir coisa alguma que contrarie nossos dese-

jos; mas será bom deixar nosso vício relaxar e descansar. Mesmo as índoles difíceis e indomáveis suportarão quem as mime; afagos não despertam a rudeza nem o medo.

4. Sempre que uma discussão se tornar demasiadamente longa e inflamada, detenhamo-nos antes que ela se agrave. A disputa alimenta a disputa e engolfa os que nela mergulham; é mais fácil manter-se longe do combate do que sair dele.

5. As pessoas irritáveis [...] podem deixar-se encantar pela leitura de versos e distrair-se com narrativas históricas. [...] Pitágoras acalmava com o som da lira as agitações da alma; e ninguém ignora que os clarins e as trombetas são excitantes, assim como certos cantos são calmantes que serenam nossos pensamentos.

6. Um velho ditado afirma que "homem cansado procura briga"; eu diria o mesmo do homem esfomeado, sedento e em geral atormentado por alguma afecção. [...] O espírito ferido ofende-se pela menor coisa, a ponto de para alguns um cumprimento, uma carta, um discurso, uma pergunta tornarem-se matéria para polêmica; um doente nunca é tocado sem se queixar. Portanto, aos primeiros sintomas do mal, o melhor é tratar-se, dar às próprias palavras a menor liberdade possível e deter o fluxo delas.

7. Nem todos os homens são vulneráveis da mesma maneira; por isso é preciso conhecer seu ponto fraco para protegê-lo melhor.

8. Não convém ver tudo e tudo ouvir. Devemos fechar os olhos para muitas ofensas; a maioria delas não nos atinge porque as desconhecemos. Não queres ficar irritado? Então não sejas curioso.

9. Dizem que Sócrates, atingido por uma bofetada, limitou-se a observar que era desagradável para um homem não saber quando devia sair de capacete. Portanto, o importante não é a maneira como a injúria é feita, e sim como é suportada.

10. O tempo é o melhor remédio para a cólera; ele permite que o primeiro acesso diminua e que as brumas que escurecem o espírito desapareçam ou se dissipem. Alguns dos arrebatamentos que te tornavam furioso vão enfraquecer-se, não digo em um dia, mas em uma hora; alguns vão desvanecer-se totalmente. [...] Sempre que quiseres conhecer o fundo de uma coisa, confia-a ao tempo.

11. Se queres vencer a cólera, ela não pode vencer-te. Começarás a vencer se a fizeres calar-se [...]. Enterremo-la nos mais profundos recessos do coração; devemos arrebatá-la para que ela não nos arrebate. Ao contrário,

adotemos o oposto de todos os indícios que a revelam: relaxemos o semblante, suavizemos a voz, afrouxemos os passos; pouco a pouco o interior imitará o exterior.

12. É preferível curar a ofensa a vingá-la. A vingança toma muito tempo e expõe a muitas ofensas; nossa cólera torna-se mais duradoura do que a ferida que nos causaram. Acaso não será melhor recorrer a um procedimento contrário e não responder ao vício com um outro vício?

13. Enfureces-te contra este, depois contra aquele, [...] contra teus pais, depois contra teus filhos, contra pessoas conhecidas, depois contra desconhecidos; por toda parte há motivos em abundância, quando a mente já não raciocina. A cólera irá arrastar-te de um lado para outro, e de tempo em tempo novos excitantes darão à tua ira um alimento perpétuo. Ah, infeliz, quando então saberás amar? Quanto tempo perdes em maus pensamentos!

14. Não façamos comparações, alegremo-nos com nosso destino; quem atormenta outro mais feliz que ele não será mais feliz por isso. [...] Antes deves agradecer pelo que recebeste, esperar o restante e te alegrares por não estares totalmente satisfeito: é um prazer ter ainda o que esperar.

15. Pensa antecipadamente que muito terás de sofrer. Mas acaso nos espantamos por sentir frio no inver-

no, sentir náuseas no mar, ser sacolejado nas estradas? A alma resiste aos males para os quais está preparada.

16. Punir o homem raivoso, afrontá-lo diretamente é excitá-lo; deves abordá-lo de modo indireto e cativante, a menos que sejas um personagem poderoso o bastante para abater sua cólera.

17. Devemos dar à nossa alma a paz proporcionada pela meditação sobre preceitos salutares, por uma atividade voltada para o bem, por um espírito inclinado a desejar unicamente a virtude. Contentemos a consciência e não nos preocupemos com a reputação; havendo necessidade ela poderá ser má, se estiver ligada às nossas boas ações.

18. Acaso podes desejar a quem te irrita algo que seja mais que a morte? Sem que faças o menor gesto, ele morrerá. Desperdiças tuas forças querendo fazer o que acontecerá. [...] Enquanto estamos entre os homens, pratiquemos a humanidade.

Sêneca, *A cólera*

Porém as preciosas recomendações de Sêneca devem ser adaptadas às circunstâncias. Às vezes a cólera de outrem pode ser-nos útil, como explica Nietzsche, de modo cínico mas lúcido, no seguinte aforismo:

A cólera esvazia a alma de todos seus recursos, de modo que o fundo vem à luz. Por isso, se não conseguirmos enxergar claramente de outro modo, deveremos provocar a cólera dos que nos cercam, de nossos partidários e de nossos adversários, para ficarmos sabendo o que se pensa e se trama às nossas costas.

Nietzsche, *Humano, demasiado humano*

Os textos de Sêneca tratam exatamente de nossa cólera, essa exaltação que prejudica o autocontrole e deixa desarmados os que são sujeitos a ela. Assim, justamente quando a réplica a um ataque deveria ser certeira e cortante, a cólera ridiculariza e manifesta grosseiramente o que deveria ser expresso com clareza. E Baltasar Gracián junta-se a Sêneca nesse aspecto:

Nunca perder a compostura. Ser sempre senhor de si é um grande ponto de discernimento. É ser homem de coração soberano, porque a grandiosidade dificilmente se abala. As paixões são os humores do espírito; qualquer excesso delas torna doente o discernimento, e se o mal chegar à boca a reputação corre perigo. Portanto, sê tão senhor de si e tão grande que nem no auge da prosperidade nem no auge da adversidade possam acusar-te de perturbado, mas sim te admirem como superior.

Gracián, *A arte da prudência*

No entanto, a cólera justifica-se quando expressa uma reação sadia, sensata; por exemplo, quando se indigna ante a injustiça ou a crueldade. Porém, se não for controlada, a cólera será inútil; esse é o ensinamento que devemos extrair de Sêneca e de Baltasar Gracián.

Também é preciso reconhecer que, em nossa vida diária, muitas coisas levam-nos a um furor inútil. E quem ousará justificar a cólera dos motoristas ou a irritação que, no supermercado, se apossa de algumas pessoas, durante a batalha de carrinhos que acontece regularmente ao redor dos caixas? Evidentemente, tais arroubos são nefastos para a tranqüilidade – e também para a saúde, pois sabe-se que podem causar muitas doenças psicossomáticas.

. 12 .

Não julgar precipitadamente

É difícil admitir que sucumbimos com excessiva freqüência à tentação dos prejulgamentos. Evidentemente é sempre mais fácil e mais prático remetermo-nos às idéias preconcebidas, em vez de gastar o tempo necessário para examinar a questão que está diante de nós. Ora, esse defeito especificamente humano, que muitas vezes se combina com a indolência ou mesmo com a má-fé, pode levar à incompreensão e freqüentemente até mesmo ao menosprezo e ao racismo.

Para resistir a esses vícios perigosos, o essencial é dispender o tempo necessário para julgar por si mesmo certas idéias pré-fabricadas, para aceitar o questionamento; e também saber colocar-se no lugar do outro, não ceder à crítica abusiva e enfim não se deixar enganar pelas aparências. Pois o conhecimento real das coisas também é uma fonte de serenidade.

Deves despedir-te, pelo menos por um tempo, daquilo que desejas conhecer e medir. Somente olhando de longe a cidade é que vês bem a que altura suas torres se erguem acima das casas.

Nietzsche, *Humano, demasiado humano*

Uma outra fonte de felicidade é ser isento de preconceitos, e cabe apenas a nós desfazermo-nos deles. Temos todos a porção de inteligência necessária para examinar as coisas em que nos querem obrigar a crer. [...] Quem fala de preconceito fala de uma idéia aceita sem exame, porque não se sustentaria. O erro nunca pode ser um bem, e seguramente é um grande mal nas coisas de que depende a condução da vida.

Madame du Châtelet, *Discurso sobre a felicidade*

O homem que sabe esperar demonstra um coração nobre, com reservas de resistência. Nunca precipitar-se nem exaltar-se. [...] É preciso percorrer o vasto curso do tempo para chegar ao centro da oportunidade. [...] A própria sorte recompensa com a grandeza do prêmio a paciência da espera.

Gracián, *A arte da prudência*

Cada qual julga de acordo com sua conveniência e excede em razões no modo de entender. Na maioria, a razão cede ao sentimento. Quando acontece de se confrontarem duas pessoas com opiniões opostas, cada uma presume que a razão está do seu lado; mas esta, que é sempre fiel, nunca soube ter duas caras. Proceda o homem sábio com reflexão num ponto tão delicado; e assim sua própria dúvida modificará o teor do procedimento alheio. Ponha-se às vezes do lado oposto: examine os motivos do adversário; dessa forma não condenará a este nem justificará a si mesmo tão desatinadamente.

Gracián, *A arte da prudência*

O prazer de criticar rouba-nos o prazer de sermos vivamente tocados por coisas belíssimas.

La Bruyère, *Os caracteres*

Nunca encontrastes pessoas que, para queixar-se do pouco valor que lhes dais, exibem-vos exemplos de pessoas de grande distinção que as estimam? A isso eu lhes responderia: "Mostrai-me o mérito com o qual conquistastes essas pessoas e eu vos estimarei como elas."

Pascal, *Pensamentos*

O interior das famílias freqüentemente é perturbado pelas desconfianças, pelos ciúmes e pela antipatia, enquanto seu exterior contente, tranqüilo e jovial nos engana e nos leva a supor nelas uma paz que absolutamente não existe; poucas ganham em ser aprofundadas. Essa visita que estais fazendo interrompeu uma briga doméstica que só espera vossa partida para recomeçar.

La Bruyère, *Os caracteres*

Não devemos julgar os homens como a um quadro ou uma figura, num primeiro e único olhar: há um interior e um coração que devemos penetrar. O véu da modéstia cobre o mérito e a máscara da hipocrisia oculta a malignidade. Há apenas um número mínimo de conhecedores que discernem e que têm o direito de dar o veredito; só pouco a pouco, e mesmo forçados pelo tempo e pelas circunstâncias, é que a virtude perfeita e o vício consumado chegam finalmente a declarar-se.

La Bruyère, *Os caracteres*

A regra de Descartes que não permite que se decida sobre as menores verdades antes que sejam clara e distintamente conhecidas é bela e justa o bastante para dever estender-se ao julgamento que fazemos sobre as pessoas.

La Bruyère, *Os caracteres*

A prontidão em acreditar no mal sem tê-lo examinado suficientemente é um efeito do orgulho e da preguiça. Desejamos encontrar culpados e não queremos ter o trabalho de examinar os crimes.

La Rochefoucauld, *Máximas*

. 13 .

Procurar a felicidade em tudo

"É preciso tudo relativizar e nada dramatizar: é mais conforme com a natureza humana rir da vida do que chorar por causa dela", declara Sêneca em seu ensaio sobre a tranqüilidade da alma. Naturalmente, isso parece mais fácil de dizer do que de fazer. Entretanto, ficar mergulhado nas preocupações pessoais e remoendo infinitamente os problemas acaba por fazer o mesmo efeito de um espelho que amplia e distorce. Para atribuir aos obstáculos da vida apenas seu valor real, convém tomar distância. Mas também devemos lembrar-nos de que os problemas que nos assaltam são proporcionais a nossas expectativas nesta vida; assim, quanto mais ansiarmos por ser felizes, mais efetivamente a menor contrariedade nos corroerá. Devemos aprender a aceitar as coisas como vêm, a não ter

os olhos maiores que a barriga, enfim a enxergar o lado bom de tudo. Pois mesmo um mal pode, sob aparências enganadoras, esconder um bem.

A felicidade é uma questão de ponto de vista

O mundo em que cada qual vive depende da forma de concebê-lo. [...] Enquanto este homem inveja aquele outro pelas aventuras interessantes que lhe aconteceram durante sua vida, faria melhor em invejar-lhe o dom de concepção que atribuiu a esses acontecimentos a importância que têm em sua descrição; pois o mesmo acontecimento que se apresenta de um modo tão interessante na cabeça de um homem de espírito, se concebido por um cérebro pobre e banal, já não ofereceria mais que uma cena insípida da vida de todo dia.

Schopenhauer, *Aforismos para a sabedoria de vida*

As mesmas causas que nos proporcionam bens podem igualmente causar-nos males, porém sempre oferecendo-nos o meio para evitá-los. Por exemplo, a água profunda nos é muito útil, mas também pode ser prejudicial, pois corremos risco de afogamento. Para enfrentarmos esse perigo encontrou-se um meio: aprendermos a nadar.

Demócrito, *Fragmentos*

Ou tudo é bom ou tudo é mau, dependendo das opiniões; o que este segue, aquele persegue. Quem deseja ajustar ao seu conceito pessoal todo objeto é um tolo intolerável As perfeições não dependem de uma única aprovação. Há tantos gostos quantos rostos, e igualmente variados. Não há defeito sem afeto, e não deves desanimar porque as coisas não agradam a alguns, pois não faltarão outros que as apreciem. E igualmente o aplauso destes não te seja matéria para vaidade, pois outros te condenarão. A regra para a legítima satisfação é a aprovação das pessoas de mérito e que têm direito de julgar sobre o assunto. Não se deve viver de um único julgamento, nem de um único uso, nem de um único século.

Gracián, *A arte da prudência*

Os bens e os males que nos advêm não nos tocam de acordo com sua magnitude mas sim de acordo com nossa sensibilidade.

La Rochefoucauld, *Máximas*

Depois que a vida vos tratar cruelmente e tirar-vos tudo o que tínheis de honras e de alegrias, tomando vossos amigos, vossa saúde e vossos bens, depois de tudo isso, quando o pavor inicial houver desaparecido, talvez descubrais que sois mais rico do que antes. Apenas nesse momento sabeis o que vos pertence exclusivamente, a ponto de nenhum salteador poder pôr-lhe as mãos; e assim possivelmente saireis de toda essa pilhagem e dessa confusão com a mesma nobreza de um grande proprietário de terras.

Nietzsche, *Humano, demasiado humano*

O importante não é o que se suporta e sim a forma de suportar.

Sêneca, *Da vida feliz*

Quem se dispõe à tranqüilidade deve encarregar-se apenas de poucos assuntos, tanto na vida privada como na de cidadão; não deve empreender coisa alguma que ultrapasse suas forças e sua natureza; deve manter-se alerta, a fim de poder negligenciar até mesmo a fortuna quando ela lhe for hostil ou parecer arrastá-lo irresistivelmente; por fim, deve ligar-se apenas ao que não ultrapasse suas forças; a carga que nossos ombros portarem deverá ser leve e fácil de carregar.

Demócrito, *Fragmentos*

– Se silenciares tua opinião sobre o que parece te afligir, colocas a ti mesmo na posição mais inabalável.
– "A ti mesmo" quem?
– A razão.
– Mas não sou apenas razão.
– Está bem. Que pelo menos a razão não aflija a si mesma; mas, se alguma coisa em ti vier a sofrer, que ela forme sobre isso uma opinião razoável.

Marco Aurélio, *Pensamentos*

Ninguém pode lesar-te se não o quiseres, pois só serás lesado se julgares que te estão lesando.

Epicteto, *Manual*

Conhecer sua estrela: ninguém é tão desvalido que não a tenha, e se for infeliz é porque não a conhece.

Gracián, *A arte da prudência*

Tudo tem seu direito e seu avesso. A melhor coisa fere, se a tomamos pelo corte; inversamente, a mais incômoda acomoda-se, se tomada pela empunhadura. Muitas coisas que foram penosas teriam dado alegria se houvéssemos considerado as conveniências. Em tudo há conveniências e inconveniências; a habilidade consiste em saber encontrar o que convém. Uma mesma coisa tem diferentes faces se a olhamos sob diferentes luzes; olhemo-la sob a da felicidade. Não devemos trocar as rédeas do bem e do mal; disso resulta que uns encontrem prazer em tudo e outros, tristeza. Saber receber as coisas: a melhor defesa contra os reveses da fortuna e uma grande regra de vida, para todos os tempos e usos.

Gracián, *A arte da prudência*

A ventura e a desventura estão na alma.

Demócrito, *Fragmentos*

Algumas receitas de felicidade

Assim como há pessoas que não se importam com nada, outras importam-se com tudo. Falam sempre solenemente, levam tudo a sério, reduzindo tudo a prudência ou a mistério. Poucas coisas que causam aborrecimento devem ser levadas a sério, pois seria empenhar-se em vão. É agir a contrapêlo tomar a peito o que se deve jogar para trás das costas. Muitas coisas que eram algo, deixadas de lado foram nada; e outras que nada eram, levadas a sério tornaram-se muito. No início é fácil dar fim a tudo; depois, não. Muitas vezes o próprio remédio causa a enfermidade. Deixar as coisas como estão não é a pior regra de vida.

Gracián, *A arte da prudência*

Todas as boas coisas são muito estimulantes para a vida – até mesmo um bom livro escrito contra a vida.

Nietzsche, *Humano, demasiado humano*

Aquele que na vida prefere o belo ao útil acabará – como a criança que prefere guloseimas ao pão – estragando o estômago e encarando o mundo com muito azedume.

Nietzsche, *Humano, demasiado humano*

Saber esquecer. Mais do que uma arte, é uma felicidade. As coisas que mais devemos esquecer são as que mais lembramos. A memória faz não apenas a impertinência de faltar quando é mais necessária como também a tolice de surgir quando não conviria: no que causa desgosto ela é pródiga e no que haveria de causar gosto é descuidada. Às vezes o remédio para o mal consiste em esquecê-lo, e esquecemos o remédio. Portanto, devemos habituar a memória a costumes tão cômodos, pois ela basta para proporcionar felicidade ou inferno. Excetuam-se os contentes, pois em seu estado de inocência desfrutam a beatitude dos simples.

Gracián, *A arte da prudência*

Os homens num mesmo dia abrem a alma para pequenas alegrias e deixam-se dominar por pequenas tristezas; nada é mais desigual e menos constante do que aquilo que em tão pouco tempo se passa em seu coração e em seu espírito. O remédio para esse mal consiste em só estimar as coisas do mundo precisamente pelo que elas valem.

La Bruyère, *Os caracteres*

Quando não encontramos sossego em nós mesmos, é inútil procurá-lo em outro lugar.

La Rochefoucauld, *Máximas*

Para o homem, a tranqüilidade da alma provém da moderação no prazer e da justa medida no tipo de vida. A insuficiência e o excesso costumam provocar mudanças desagradáveis e causam à alma grandes perturbações. As almas que se vêem agitadas por essas mudanças bruscas perdem o equilíbrio e a tranqüilidade. Portanto é preciso aplicar o espírito no que é possível e contentar-se com o presente, não dar grande importância ao que invejamos e admiramos, não ficar constantemente a recordá-lo. Ao contrário, devemos ter ante nossos olhos a vida dos infelizes e pensar em suas misérias gritantes; assim, nosso estado atual e nossa situação de fortuna irão parecer-nos importantes e invejáveis e, deixando então de desejar mais, já não estaremos expostos a atormentar nosso espírito. Com efeito, quem admira os ricos e os que os outros consideram felizes, sem deixar de pensar neles um momento sequer, vê-se incessantemente forçado a imaginar novos meios e a fazer novas tentativas, impulsionado pelo desejo de agir contra as prescrições das leis. Por isso devemos não desejar o que não nos pertence, contentar-nos com o que possuímos, comparando nossa vida com a dos que são mais miseráveis, e julgar-nos felizes ao pensar no que eles sofrem. Dessa forma nos consideraremos mais felizes que eles, e efetivamente o seremos. Adotando esse modo de ver, viveremos mais tranqüilos e seremos poupados de muitas calamidades: a inveja, o ciúme, o ódio.

Demócrito, *Fragmentos*

Nunca se é tão infeliz quanto se acredita nem tão feliz quanto se esperava.

La Rochefoucauld, *Máximas*

Suponhamos por um momento que as paixões façam um maior número de infelizes que de felizes. Afirmo que ainda assim elas seriam desejáveis, pois são a condição sem a qual não podemos ter grandes prazeres; ora, só vale a pena viver para ter sensações e sentimentos agradáveis; e quanto mais vivos forem os sentimentos agradáveis mais felizes seremos. Portanto, é desejável sermos capazes de paixões, e torno a repetir: não basta querer para tê-las. Cabe a nós fazê-las servir à nossa felicidade, e isso geralmente depende de nós. Quem soube administrar tão bem sua situação e as circunstâncias em que a sorte o colocou, a ponto de ter conseguido dar ao espírito e ao coração uma disposição tranqüila, de estar apto para todos os sentimentos, para todas as sensações agradáveis que esse estado pode comportar, é seguramente um excelente filósofo e deve agradecer muito à natureza. Refiro-me à sua situação e às circunstâncias em que a sorte o colocou porque acredito que uma das coisas que muito contribuem para a felicidade é contentar-se com a própria situação e pensar mais em torná-la feliz do que em mudá-la.

Madame du Châtelet, *Discurso sobre a felicidade*

Se desejares poucas coisas, esse pouco irá parecer-te muito, pois desejos pouco exigentes dão tanta força à pobreza quanto à riqueza.

Demócrito, *Fragmentos*

Um dos grandes segredos da felicidade consiste em moderar nossos desejos e amar as coisas que possuímos. A natureza, cujo objetivo é sempre nossa felicidade (entendo por natureza tudo o que é instinto e sem raciocínio), a natureza, dizia eu, só nos dá desejos conformes com nossa situação; só desejamos naturalmente de forma gradual [...]. Cabe a nosso espírito e às nossas reflexões fortalecer essa sábia sobriedade da natureza; só somos felizes com desejos satisfeitos; portanto, só devemos permitir-nos desejar as coisas que pudermos obter sem excesso de cuidados e de trabalho, e esse é um ponto sobre o qual muito podemos para nossa felicidade. Amar o que possuímos, saber desfrutá-lo, saborear as vantagens de nossa situação, não deter demasiado os olhos naqueles que nos parecem mais felizes, empenhar-nos em aperfeiçoar o que é nosso e tirar-lhe o melhor partido possível – é a isso que devemos chamar de felicidade; e creio fazer uma boa definição quando digo que o mais feliz dos homens é aquele que menos deseja a mudança de sua situação. Para desfrutar essa felicidade, é preciso curar ou prevenir uma doença de um outro tipo, que se opõe totalmente a ela e que é muito comum: a inquietação. Essa disposição de espírito opõe-se a toda e qualquer fruição, e portanto a toda e qualquer espécie de felicidade.

Madame du Châtelet, *Discurso sobre a felicidade*

Viver feliz [...] todo mundo deseja; mas poucas pessoas sabem o que realmente torna feliz a vida. [...] Assim, é preciso procurar conhecer nossas aspirações, para estudar o caminho que mais rapidamente nos conduzirá a elas; e durante o trajeto, desde que tenhamos tomado o rumo certo, veremos quais progressos estamos fazendo e quanto nos aproximamos do objetivo para o qual uma tendência natural nos impele. [...] Fixemos pois nosso objetivo e os meios de alcançá-lo [...]. Acima de tudo, devemos atentar bem para não seguirmos como carneiros o bando dos que nos precedem, e nos dirigirmos para onde devemos ir e não para onde somos arrastados. Assim, nada ocasiona maiores tormentos do que nos remetermos à opinião pública, com a idéia de que o melhor é aquilo que é geralmente aceito, do que tomarmos como modelo a maioria, do que vivermos não na razão mas na imitação. Daí esse amontoamento de homens que desabam uns sobre os outros. O acidente que acontece numa aglomeração dessas, quando a multidão esmaga a si mesma (quem cai arrasta consigo o vizinho e os primeiros põem a perder os seguintes), podes ver acontecer em toda existência: ninguém erra apenas à própria custa, também ocasiona e promove o erro de outrem. Assim, é perigoso nos atermos aos passos dos que nos precedem. Ficaremos livres desses males se nos afastarmos da multidão.

Sêneca, *Da vida feliz*

Uma felicidade que nunca houver sofrido um arranhão sucumbirá ao menor golpe; porém, quando temos de lutar contra dificuldades contínuas, aguerrimo-nos na provação, resistimos a todo e qualquer mal e, mesmo que tropecemos, continuamos a lutar de joelhos.

Sêneca, *Da vida feliz*

Se todo excesso é prejudicial, o mais perigoso é o excesso de felicidade: ele perturba o cérebro, arrasta o espírito para um mundo de quimeras, introduz uma espessa camada de névoa entre a verdade e o erro. Não será preferível, com o auxílio da virtude, suportar infortúnios contínuos, em vez de vergar sob o peso de uma ventura imoderada? Morre-se suavemente de inanição; estoura-se de indigestão.

Sêneca, *Da vida feliz*

Em toda e qualquer situação encontrarás divertimentos, distrações e prazeres, se te empenhares em considerar pequenos teus males, em vez de fazeres que te sejam intoleráveis.

Sêneca, *Da vida feliz*

Quando por vezes me ocupei em considerar as diversas agitações dos homens e os perigos e penares a que eles se expõem, [...] de que nascem tantas disputas, paixões, empreendimentos ousados e freqüentemente maus, descobri que toda a infelicidade humana provém de uma única coisa, que consiste em não saber permanecer sossegadamente num aposento. Um homem que tiver bens suficientes para viver, se soubesse permanecer em sua casa com prazer, não sairia dela.

Pascal, *Pensamentos*

Nenhum destino é tão penoso que uma alma sensata não encontre nele algum motivo de conforto. [...] Para superar os obstáculos, deves recorrer à razão: verás aquilo que resistia abrandar-se, o que era estreito ampliar-se, os fardos tornarem-se mais leves para os ombros que souberem carregá-los.

Sêneca, *Da vida feliz*

Para alcançar a serenidade, será conveniente, em face dos acontecimentos contrários, não perder de vista o que eles podem comportar de prazeroso e agradável para nós: temperemos o mau com o bom, para que em tudo o bom seja o vencedor.

Plutarco, *A consciência tranqüila*

O homem é evidentemente feito para pensar; essa é toda sua dignidade e todo seu ofício; e todo seu dever é pensar como deve. Ora, a ordem do pensamento consiste em começar por si, e por seu autor, e por sua finalidade. Porém o mundo pensa em quê? Nunca nisso, mas sim em dançar, tocar alaúde, cantar, fazer versos, arrebatar o anel da vitória, lutar, fazer-se rei – sem pensar no que é ser rei e no que é ser homem.

Pascal, *Pensamentos*

A menor contrariedade, quer provenha dos homens ou das coisas, se nos dedicarmos constantemente a ruminá-la e a pintá-la com cores berrantes e em escala ampliada, poderá crescer até tornar-se um monstro que nos ponha fora de nós. Devemos, ao contrário, encarar muito prosaicamente e com muita frieza tudo o que for desagradável, a fim de nos atormentarmos o mínimo possível.

Schopenhauer, *Aforismos para a sabedoria de vida*

. Segunda parte .

*Tranqüilidade
com o outro*

. 1 .

Encontrar a alma irmã e amá-la em paz

Todos nós sonhamos encontrar nossa metade, nosso duplo, esse obscuro objeto de nosso desejo – em resumo, aquela pessoa única, a quem dedicaríamos nosso coração e nossa vida inteira. E, no que lhe diz respeito, não parece muito exato falar de tranqüilidade, pois geralmente é mais de paixão que se trata. No entanto, existem meios de viver com serenidade uma relação ardente e arrebatadora, ou mesmo de ter a tranqüilizadora certeza de que um dia depararemos com o Amor. O único problema é que ele não está por aí em qualquer esquina. Ovídio, em sua obra intitulada A arte de amar, *transmite aos leitores suas receitas de sedução: apresenta alguns conselhos sobre os locais que devemos freqüentar porque são os mais propícios para neles descobrirmos a alma gêmea;*

e, depois de a encontrarmos e reconhecermos como tal, conselhos sobre o modo de nos comportarmos a fim de conservá-la pelo maior tempo possível. Em seguida Stendhal oferece os frutos de sua experiência e explica em termos claros a linguagem e os códigos do amor. Ele chega a indicar, numa citação brilhante, a maneira de protegermos nosso amor contra a inveja de outrem. Não se trata aqui de perder a espontaneidade na sedução e abordar a pessoa amada aplicando receitas pré-fabricadas, mas apenas de reconhecer que freqüentemente nos vemos desnorteados e desamparados perante o objeto de nosso amor. Graças às máximas dos que nos precederam, podemos desfrutar esse enigma que assume dimensões de turbilhão evanescente em nossa vida pacífica e serena.

Alguns conselhos para encontrar a alma gêmea

Antes de tudo, ocupa-te de encontrar o objeto de teu amor. [...] Em seguida, dedica teus esforços a despertar emoção na jovem que te agradou; em terceiro lugar, empenha-te em fazer durar esse amor. São esses nossos marcos.

Ovídio, *A arte de amar*

É principalmente nos teatros e em suas arquibancadas semicirculares que procurarás esse amor; tais lugares oferecem-te mais do que podes desejar. Neles encontrarás a quem amar, com quem te divertires, com quem te distraíres por uma conquista passageira, com quem teceres os laços de uma relação duradoura. Assim como vemos, muito numerosas, as formigas irem e virem em longa fila, transportando nas mandíbulas o grão de que se alimentam, ou como as abelhas que, ao encontrarem as almejadas regiões verdejantes e seus prados perfumosos, adejam por entre as flores e o tomilho, assim também as mulheres, elegantemente trajadas, acorrem aos jogos a que vai a multidão; são tão numerosas que às vezes minha escolha se torna difícil. Elas vão para ver, mas principalmente para ser vistas.

Ovídio, *A arte de amar*

Tampouco deves esquecer as corridas em que competem cavalos fogosos. Também o circo, com seu público numeroso, oferece múltiplas oportunidades. [...] Deves sentar perto daquela que te agrada, muito perto; nada te impede disso. Aproxima ao máximo teu corpo do seu; felizmente a exigüidade dos assentos leva as pessoas, queiram ou não, a comprimir-se, e as disposições do lugar obrigam a beldade a deixar-se roçar. Deves então entabular conversa para travar conhecimento, e que tuas primeiras palavras sejam banalidades. – A quem pertencem aqueles cavalos que estão vindo? – perguntarás com interesse; e imediatamente o cavalo favorito dela, qualquer que seja, tornar-se-á o teu. [...] Se, como às vezes ocorre, alguma poeira macular o colo de tua bela, que teus dedos a retirem; se não há poeira, mesmo assim retira a que ali não está: tudo deve servir de pretexto para tuas atenções discretas. E se o manto dela, longo demais, arrasta por terra? Zelosamente, ergue-o do chão sujo. De imediato – primeira recompensa desse pronto reflexo – e sem que tua bela suspeite, teus olhos verão pernas que valem o trabalho. Presta atenção aos que estiverem sentados atrás de vós: cuida para que seus joelhos não oprimam o delicado dorso dela.

Ovídio, *A arte de amar*

A mesa também é uma oportunidade para encontros, e o bom vinho não é a única coisa a procurar ali. [...] É onde freqüentemente o coração dos jovens tem sido cativado por beldades. [...] Mas não confies na luz da lâmpada: para julgar sobre a beleza, a obscuridade e o vinho são maus conselheiros. [...] A noite dissimula os defeitos e é indulgente com as imperfeições; nessas horas toda mulher parece bela. Para julgar sobre as pedras preciosas ou sobre a lã tingida de púrpura, deves esperar o dia; toma-o como conselheiro também para avaliar os traços do rosto e a silhueta.

Ovídio, *A arte de amar*

Os estratagemas do amor, segundo Ovídio

Ter confiança em si

Convence-te de que todas as mulheres podem ser vencidas: hás de vencê-las; basta que estendas tua rede. [...] Mesmo a mais inacessível irá render-se a teu encanto. [...] Portanto, avante; conta que triunfarás sobre todas as mulheres; entre mil, quando muito uma única resistirá a ti. Quer cedam ou resistam, elas sempre gostam de ser cortejadas; mesmo que sejas repelido, o fracasso não te oferece perigo.

Usar de astúcia

Promete, promete, isso nada custa; em promessas todo o mundo pode ser rico. A esperança dura muito tempo quando se acredita: é uma deusa enganadora, mas muito útil. Se já deste algum presente, talvez sejas desenganado por tática: ela terá aproveitado os benefícios passados, sem nada ter perdido. Mas o presente que ainda não lhe deste, ela sempre pode ter a esperança de que o dês. [...] O trabalho mais melindroso é obter seus primeiros favores sem haver oferecido presente: não é por pura benevolência que a bela se manifestará, pois nessa expectativa ela concederá mais ainda. Portanto, que seja enviada essa primeira carta, em que estão inscritas na cera as palavras mais doces; que ela sonde os corações e abra caminho. [...] Suponhamos que tua bela tenha lido tua carta e não queira responder: não insistas. Apenas faze de forma que ela leia até o fim tuas frases ternas. Depois de lê-las ela desejará responder: tudo o que pretendes virá no devido tempo e seqüência. Talvez recebas primeiro uma carta pouco animadora, em que ela exigirá que cesses tuas solicitações; mas fica sabendo que ela tem medo de obter o que te pede, e deseja o que não te pede; precisas ser mais persistente; prossegue, e em breve verás teus desejos realizarem-se.

Não exagerar

De nada adianta frisares a ferro teus cabelos nem amaciares tuas pernas esfregando-lhes pedra-pomes. [...] É pela elegância simples que os homens devem seduzir: que tua toga seja limpa e bem cortada. Que teu calçado esteja corretamente atado e seus prendedores não estejam gastos. Que teus pés não dancem em sapatos largos demais; que um corte mal feito não enfeie e erice tua cabeleira; que teus cabelos e tua barba sejam cortados por mãos hábeis, que tuas unhas estejam bem aparadas e polidas e nenhum pêlo desponte de tuas narinas; que uma boca malcheirosa não exale um hálito fétido, e que o cheiro do macho da cabra não agrida o olfato. Todo o restante, deixa-o para as jovens lascivas ou para os homens que, contrariando a natureza, procuram o amor de um homem.

Não recomendo que dês a tua amiga presentes magníficos: que sejam modestos, mas habilmente escolhidos e ofertados. [...] Podes enviar-lhe um tordo ou uma coroa de flores, para demonstrar o quanto pensas nela. [...] Deverei aconselhar-te a enviar também versos de amor? Infelizmente, a poesia não é muito valorizada. Louvam-se os versos, mas é pelos grandes presentes que se espera: mesmo o homem rústico agrada, contanto que seja rico. [...] Apesar de tudo, há mulheres cultas, mas são poucas; a grande maioria não é culta, mas deseja parecer que sim. Em vossos versos, elogiai tanto estas como aquelas; e vossos versos, bons ou maus, devem ser valorizados por uma leitura fluente. Para todas elas, versos em sua honra, compostos à custa de uma noite de vigília, serão considerados um presente amável.

Ousar

Qual homem experiente não mesclaria beijos às palavras de amor? Talvez ela não os retribua; deves roubá-los apesar da recusa. No início, talvez resista e te chame de insolente; mesmo resistindo, espera ser derrotada. Mas não sejas brusco, dando beijos desajeitados em lábios delicados; evita que ela possa queixar-se de tua rudeza.

Por pudor, a mulher não pode provocar certas carícias; mas gosta de recebê-las quando o homem toma a iniciativa. Aquele que espera que a mulher comece a fazer as investidas confia demais em suas próprias qualidades físicas. Cabe ao homem começar, ao homem dizer as palavras da sedução, e cabe a ela acolher bem as súplicas amorosas. Queres tê-la? Pede. Ela só está esperando por isso. Deves explicar a causa e a origem de teu amor. [...] Mas, atenção: se tuas súplicas esbarrarem na frieza de um orgulho desdenhoso, não insistas e bate em retirada! Quantas desejam o que lhes escapa e detestam o que está ao seu alcance! Sê menos insistente e não mais serás repelido. E a esperança de alcançar teus fins nem sempre deve transparecer em tuas solicitações; para tornar aceito teu amor, encobre-o com o véu da amizade.

Adaptar-se

Para cada idade convirá uma estratégia diferente: uma corça velha descobrirá mais depressa a armadilha; se te mostrares instruído demais para com uma iniciante, audacioso demais para com uma tímida, ela prontamente perceberá e suspeitará de ti. É por isso que, às vezes, a mulher que teve medo de entregar-se a um homem de bem deixa-se cair vergonhosamente nos braços de alguém inferior.

Cultivar o espírito

Para ser amado, sê digno de amor; e para isso não bastará a beleza do rosto e do corpo. [...] Se queres conservar tua amiga e nunca ter o desprazer de ser abandonado por ela, deves acrescentar às qualidades do corpo os dotes do espírito. A beleza é um bem frágil: os anos que se somam a diminuem; fenece devido à sua própria duração. [...] Forma agora teu espírito – um bem mais duradouro, que será o esteio de tua beleza: apenas ele subsistirá até a morte. E não queiras considerar que cultivar tua inteligência seja um cuidado fútil.

Ser encantador

O que mais seduz os corações é uma hábil condescendência: a rudeza provoca o ódio e as guerras cruéis. [...] Ela, a amiga, deve sempre ouvir as palavras que deseja ouvir. Não foi uma ordem da lei que vos obrigou a encontrar-vos os dois num mesmo leito; vossa lei, a de ambos, é o amor. Apresenta-te com ternas carícias e palavras doces aos ouvidos, para que tua amiga rejubile com tua chegada.

Perseverar

Se teu amor receber uma acolhida pouco carinhosa e muito reservada, deverás suportá-la e resistir firme, pois em breve ela se abrandará. [...] Se tua amiga te contradisser, cede; é cedendo que sairás vencedor da luta. Desempenha pois o papel que ela te impuser. O que ela criticar, critica também; tudo o que ela aprovar, aprova; o que ela disser, diz; o que negar, nega. Quando ela rir, ri junto; se chorar, faze correr tuas lágrimas. Que a expressão de teu rosto imite a sua. Ela sente vontade de jogar, sua mão agita os dados de marfim; tu, agita-os desajeitadamente e, depois de desajeitadamente lançá-los, deixa-a jogar. [...] Deves carregar seu guarda-sol aberto; abrir passagem na multidão quando ela a estiver atravessando; apressar-te em encostar o escabelo a um leito muito alto; calçar ou descalçar as sandálias em seu pé delicado. Freqüentemente também, embora tu mesmo tremas de frio, deverás aquecer em teu peito as mãos gélidas de tua amiga. [...]

"Deverás estar em tal lugar", avisou-te ela. Corre para lá, abandonando tudo, e não deixes obstáculo algum retardar-te. [...] Ela está no campo e te diz: "Vem." O amor detesta qualquer demora: se não tens carro, faze a pé o caminho. Nada te detenha: nem a tempestade, nem a canícula, nem a neve que cobriu o caminho. [...] Tua amante ficará arrebatada de alegria e saberá de todos os riscos que correste por ela; será esse o penhor seguro de teu amor.

Precaver-se

Não pretendo ser o censor que vos condene, homens, a ter apenas uma amiga. Não o queiram os deuses! Mesmo para uma mulher casada é difícil restringir-se a essa conduta. Diverti-vos, mas sede prudentes; que vosso delito seja secreto e efêmero; não deveis mostrar a menor vaidade por vossa ação culposa. E não dês presente que venha a trair-te diante de tua mulher; não adotes hora fixa para tua infidelidade; e, se não quiseres que uma amiga te surpreenda num refúgio que ela conhece, multiplica os lugares de teus encontros culposos. [...] Se teus atos, apesar de bem ocultos, mesmo assim forem descobertos, nega; nega-os sem esmorecer. Não sejas nem submisso nem mais carinhoso que o habitual: essas são as evidências de um coração culpado. Porém não poupes tuas ilhargas; só a esse preço terás paz: é no leito que provarás que já não saboreaste os prazeres de Vênus.

Tu, a quem há pouco aconselhei que escondesses tuas faltas, exorto-te a mudar de tática e confessar tuas infidelidades. Não vás agora acusar-me de inconseqüência! [...] Há mulheres ante as quais uma obediência temerosa contraria o objetivo e cujo amor se extingue por falta de uma rival. [...]

Quando o coração se abisma no indolente torpor da segurança, é preciso usar de aguilhões penetrantes para despertar o amor. Faze de modo que tua amiga possa sentir alguma inquietação quanto a ti; desperta o ardor de seu coração entorpecido; que ela empalideça ao ficar sabendo de tua infidelidade.

Ovídio, *A arte de amar*

Perpetuar os sentimentos da pessoa amada

A mulher acusada de inconstância [...] abandona-vos porque [...] talvez tenhais em seu coração o apoio do hábito. Abandona-vos porque está demasiadamente segura de vós. Matastes o receio, e as pequenas dúvidas do amor feliz já não podem nascer; tornai-a inquieta, e acima de tudo evitai o absurdo dos protestos amorosos.

 No longo tempo que vivestes junto dela, certamente tereis descoberto qual é a mulher da cidade ou de vosso convívio da qual ela tem mais ciúme e receio. Cortejai essa mulher; mas, em vez de fazer notar vossa corte, procurai ocultá-la, e procurai-o sinceramente; podeis confiar nos olhos do ódio para tudo ver e tudo sentir. O profundo distanciamento que durante vários meses sentireis para com todas as mulheres deve facilitar-vos isso. Lembrai que, na posição em que estais, estraga-se tudo por demonstrar paixão: vede pouco a mulher amada e tomai champanhe em boa companhia.

Stendhal, *Do amor*

Os prazeres físicos

Prática das coisas do amor.

Uma vez descoberto o ponto onde a mulher gosta de sentir-se acariciada, o pudor não deve impedir-te de tocá-lo. Verás os olhos de tua amiga luzirem com um brilho febril, como ocorre amiúde com os raios de sol refletidos na água transparente. Depois virão queixumes, um terno murmúrio, doces gemidos e as palavras próprias do amor. Porém não vás, desfraldando mais velas [que tua amiga], deixá-la para trás; nem permitas que ela te ultrapasse em teu percurso. Deveis atingir simultaneamente o objetivo supremo do amor; é o auge da volúpia quando, vencidos por ela, homem e mulher sucumbem ao mesmo tempo.

Ovídio, *A arte de amar*

Reflexões gerais sobre o amor

Amar é ter prazer em ver, tocar, sentir com todos os sentidos, e tão de perto quanto possível, um objeto digno de amor e que nos ama.

Stendhal, *Do amor*

É difícil definir o amor. O que se pode dizer é que na alma ele é uma paixão de reinar, nas mentes é uma simpatia, e nos corpos é tão-somente um desejo oculto e delicado de possuir o que se ama, depois de muitos mistérios.

La Rochefoucauld, *Máximas*

Assim como o fogo, o amor não pode subsistir sem um movimento contínuo; e cessa de viver tão logo cessa de esperar ou de temer.

La Rochefoucauld, *Máximas*

Há pessoas que nunca teriam se apaixonado se nunca tivessem ouvido falar do amor.

La Rochefoucauld, *Máximas*

O olhar é a grande arma da coqueteria virtuosa. Com um olhar pode-se dizer tudo; e entretanto sempre se pode negar a respeito de um olhar, pois ele não pode ser repetido textualmente.

Stendhal, *Do amor*

Sempre uma pequena dúvida a ser acalmada: eis o que constitui a sede de todos os instantes, eis o que constitui a vida do amor feliz. Como o receio nunca o abandona, seus prazeres nunca podem entediar. A característica dessa ventura é a extrema seriedade.

Stendhal, *Do amor*

Não há no mundo insolência mais rapidamente punida do que a que vos faz confidenciar a um amigo íntimo um amor-paixão. Se o que dizeis for verdade, ele sabe que tendes prazeres mil vezes superiores aos seus e que vos fazem menosprezar os seus. Isso é ainda muito pior entre mulheres, porque a fortuna de sua vida consiste em inspirar uma paixão e porque, em geral, a confidente também expôs aos olhares do amante sua própria amorabilidade.

Por outro lado, para alguém devorado por essa febre, não há no mundo necessidade moral mais imperiosa que a de um amigo diante do qual possa raciocinar sobre as dúvidas horríveis que a todo instante se apossam da alma.

Stendhal, *Do amor*

Estar com pessoas a quem amamos já é o suficiente; sonhar, falar-lhes, não lhes falar, pensar nelas, pensar em coisas indiferentes porém junto delas, tudo é a mesma coisa.

La Bruyère, *Os caracteres*

Que é pois o amor, se não é compreender-se e alegrar-se ao ver uma outra pessoa viver, agir e sentir de forma diferente de nós, e às vezes mesmo oposta? Para unir na alegria as diferenças o amor não precisa eliminá-las e ignorá-las.

Nietzsche, *Humano, demasiado humano*

De onde afinal podem nascer as súbitas paixões de um homem por uma mulher, as paixões profundas e íntimas? Elas se devem unicamente à sensualidade. Porém, quando o homem encontra numa pessoa, simultaneamente, fragilidade, despojamento e petulância, algo sucede em seu íntimo, como se sua alma quisesse transbordar: sente-se tocado e ofendido no mesmo momento. É precisamente desse ponto nevrálgico que brota o grande amor.

Nietzsche, *Humano, demasiado humano*

. 2 .

Como suportar uma separação amorosa

Quantas lágrimas os homens e as mulheres já derramaram por um amor desaparecido, extinto ou injustamente traído? Quantos crimes já foram cometidos em nome da paixão? Quantos dentre nós podem pretender que nunca sofreram um desgosto amoroso? Desde que começou a viver em sociedade e a amar, o homem conhece a dor que a perda do ser amado causa. Quaisquer que sejam as circunstâncias, a ruptura ou a extinção de um amor são sempre extremamente dolorosas, e o sofrimento de uma separação é proporcional à força dos sentimentos que existiram ao longo da relação amorosa. Assim, não se trata aqui de encerrar uma história de um dia ou mesmo um "amor de férias", e sim de ajudar a enfrentar o final de um amor sincero e profundo, de um amor no qual investimos nossa pessoa e nossa vida. Ovídio, especialista na arte de amar, previu também isso: dedicou uma parte de sua obra aos "Remédios do amor". Ele começa assim: "Se um certo amante arde venturosamente por uma pessoa que corresponde a seu amor, que o feliz rapaz tire proveito disso e siga seus ventos favoráveis; mas, se alguém estiver sofrendo sob as leis de uma amante indigna, então, antes de ser impelido para o pior, experimente os benefícios de nossa arte." Em seguida apresenta uma série de conselhos e de adágios para atenuar tanto quanto possível o sofrimento do homem solitário ante suas lembranças de apaixonado. Pragmáticos e precisos, eles provavelmente auxiliarão o sofredor a proteger-se de um excesso de infelicidade. Mas não devemos esperar desses procedimentos uma cura imediata. Aliás, La Rochefoucauld bem observa: "Há vários remédios que curam do amor, mas não os há infalíveis."

Cabe ao leitor apreciar a pertinência e a qualidade dos conselhos seguintes e aprender a aplicá-los oportunamente.

A melhor maneira de recuperar a liberdade é romper as correntes que machucam o coração e pôr fim a seu tormento. Admirarei quem tiver essa força; direi mesmo: "Ele não necessita de minhas opiniões." É a ti, que sofres com a perda desse amor, a ti que não consegues decidir-te a isso e que no entanto o desejarias, é a ti que se destinam meus conselhos. Deves lembrar-te amiúde dos atos de tua amiga culposa e rememorar todo o mal que ela te causou. "Ela tem em seu poder este e aquele objeto e, não contente em despojar-me deles, forçou-me, com sua avidez, a pôr à venda minha casa. Fez-me um juramento que depois violou. Quantas vezes obrigou-me a dormir diante de sua porta! Oferece seus favores a outros e faz pouco de meu amor. Que tristeza! Um mascate tem as noites que ela me recusa!" Que essas lembranças exasperem contra ela todos teus sentimentos; deves repassá-las, buscar nelas germes de ódio.

Ovídio, *Remédios do amor*

Partir

Apesar da força das cadeias que te retêm, deves ir para longe e empreender longas viagens. Chorarás; de tua boca escapará o nome da amiga que estás deixando e freqüentemente teus pés se deterão no meio do caminho. Porém, quanto menos quiseres partir, mais deverás pensar em partir. Prossegue, e força teus pés a correrem contra a vontade. [...] Não perguntes quantos quilômetros há atrás de ti, mas antes quantos te restam a percorrer, e não inventes desculpas para permanecer nas redondezas. Não olhes para trás [...]; foge.

Depois, os campos, teus companheiros de viagem e a extensão da estrada oferecerão mil refrigérios para teu sofrimento. Mas não basta te afastares. Que tua ausência seja longa, prolongando-se até que as cinzas percam as forças e já não encubram brasas. Se retornares cedo demais, antes que tua alma esteja bem fortalecida, o Amor, revoltado, voltará contra ti suas flechas cruéis. Então pouco importará a duração de tua ausência: retornarás ardente, repleto de desejos, e todo o tempo de tua fuga terá decorrido em prejuízo teu.

Ovídio, *Remédios do amor*

Desacreditar

Tanto quanto possível, deves considerar sob uma luz desfavorável as qualidades de tua amante e, graças ao estreito limite que as distingue dos defeitos, iludires teu julgamento. Chama-a de balofa se for roliça e de negra se for morena. A uma esbelta pode-se criticar a magreza; pode-se tratar de insolente a que não é rústica e de rústica a que é honesta.

Ovídio, *Remédios do amor*

Antecipar-se

Recomendo-vos que tenhais duas amantes ao mesmo tempo; somos mais fortes contra o amor se tivermos ainda mais dele. Quando o coração se divide e vai e volta entre duas mulheres, o amor por uma atenua o amor pela outra. Os maiores rios minguam quando dividimos suas águas entre numerosos riachos; e, quando afastamos as achas, a chama, desprovida de brasa, extingue-se. [...] Quem antecipadamente preparou para si uma dupla consolação, esse há muito tempo já garantiu seu lugar de vencedor no alto da cidadela. Porém tu, pois que para tua desgraça te entregaste a uma única amante, agora tens de procurar um novo amor.

Ovídio, *Remédios do amor*

Evitar a solidão

Para todos os apaixonados a solidão é perigosa; evitai-a pois. E tu, para onde estás fugindo? No meio da multidão estarás mais seguro. Para ti, nada de lugares isolados (o isolamento agrava os furores do amor): a companhia dos homens será um refrigério. Ficarás triste se ficares sozinho, e não cessarás de ver em imaginação tua amante abandonada; será como se ela estivesse ali. Por isso a noite é mais triste que o dia; para te distraíres de tuas penas nessa hora, não tens os amigos junto de ti. Não evites as companhias; não feches tua porta e não escondas nas trevas teus olhos repletos de lágrimas.

Ovídio, *Remédios do amor*

Manter a calma

Mais vale separar-se em paz, decentemente, do que passar do leito para os conflitos de um processo. Os presentes que havias dado, deixa-os com ela sem contestações; geralmente um pequeno sacrifício proporciona a quem o faz uma vantagem mais importante.

Ovídio, *Remédios do amor*

Não remoer o passado

Acima de tudo, não releias as cartas de amor que guardaste de tua amante: mesmo almas enrijecidas abalam-se ao reler tais missivas. Deves jogar tudo no fogo, sem piedade, apesar dos esforços que isso te custe, e dizer: "Seja esta a fogueira que sepultará meu amor!" [...] Também os lugares freqüentemente são nocivos; evita os que te trouxerem lembrança de vossas uniões; eles te fariam sofrer. "Ela esteve aqui; ela deitou aqui. Neste leito dormimos. Foi aqui que ela me encheu de felicidade numa noite de amor." Essas imagens do passado despertam o amor; a ferida dolorosa torna a abrir-se; para os doentes, a menor imprudência é perigosa.

Ovídio, *Remédios do amor*

Não desanimar

Permitam os deuses que consigas passar diante da casa da amada que abandonaste sem que teus pés te traiam em teu propósito. E conseguirás; basta que tenhas força de vontade.

Ovídio, *Remédios do amor*

Escolher bem os alimentos

Para cumprir bem todos meus deveres de médico, irei ao ponto de indicar-te os alimentos a evitar e a preferir. [...] A cebola é má para ti. Da mesma forma deves dispensar a rúcula afrodisíaca, bem como tudo o que convide os sentidos aos prazeres do amor. [...] O vinho predispõe a alma para o amor, exceto se bebemos muito e nossos sentidos entorpecem-se, afogados em abundantes libações. [...] Nada de embriaguez, ou então uma embriaguez tão grande que consiga levar embora todas tuas preocupações amorosas; um estado intermediário é ruim.

Ovídio, *Remédios do amor*

Curar-se

Quando nosso coração ainda se acha agitado pelos restos de uma paixão, estamos mais próximos de assumir uma nova paixão do que quando estamos totalmente curados.

La Rochefoucauld, *Máximas*

Os que tiveram grandes paixões sentem-se, durante toda a vida, felizes e infelizes por terem se curado.

La Rochefoucauld, *Máximas*

É mais fácil acolher o amor quando não temos nenhum do que desfazermo-nos dele quando o temos.

La Rochefoucauld, *Máximas*

Nada degrada tanto quanto as iniciativas que tomamos para reconquistar um coração frio ou inconstante: elas nos aviltam aos olhos de quem procuramos conservar e aos olhos dos homens que poderiam pensar em nós; e ainda, o que é muito pior, nos tornam infelizes e nos atormentam inutilmente. Portanto, devemos prosseguir com ânimo inabalável e nunca ceder a nosso próprio coração; devemos procurar conhecer o caráter da pessoa a quem nos apegamos, antes de ceder à inclinação por ela. É preciso que a razão seja admitida no conselho – não essa razão que condena como contrário à felicidade todo tipo de compromisso, mas aquela que, aceitando que não podemos ser muito felizes sem amar, pretende que só amemos para nossa felicidade e que superemos uma inclinação na qual vemos claramente que apenas sofreremos; mas, quando a inclinação tiver sido mais forte, quando tiver suplantado a razão, como acontece demais, não devemos vangloriar-nos de uma constância que seria tão ridícula quanto deslocada. É bem o caso de pôr em prática o provérbio: "as pequenas loucuras são as melhores"; são principalmente as infelicidades mais curtas, pois há loucuras que trariam muita felicidade se durassem a vida toda. Não devemos envergonhar-nos por termos nos enganado; devemos curar-nos, custe o que custar, e sobretudo evitar a presença de um objeto que só pode agitar-nos e fazer-nos perder o fruto de nossas reflexões; pois entre os homens a coqueteria sobrevive ao amor: eles não querem perder nem sua conquista nem sua vitória, e por mil coqueterias sabem reacender um fogo mal extinto e manter-nos num estado de incerteza tão ridículo quanto insuportável. É preciso cortar fundo, romper irreversivelmente.

Madame du Châtelet, *Discurso sobre a felicidade*

Querer esquecer uma pessoa é pensar nela. O amor tem isto em comum com os escrúpulos: exacerba-se com as reflexões e as voltas que fazemos para nos livrarmos dele. Devemos, se possível, não pensar nem um pouco em nossa paixão, a fim de enfraquecê-la.

La Bruyère, *Os caracteres*

Sentir a falta do que amamos é um bem, se comparado a viver com o que odiamos.

La Bruyère, *Os caracteres*

. 3 .

Conselhos às mulheres para seduzir com tranqüilidade

Tradicionalmente consideradas como criaturas que devem sacrificar a inteligência à beleza, as mulheres sempre dedicaram sua engenhosidade a procurar processos eficazes para se fazerem belas. Jóias, tecidos luxuosos, apliques, perucas, esmalte de unhas, batom, maquilagem para os olhos, base para o rosto, máscara e atualmente lifting*, lipoaspiração etc.: não faltam às mulheres meios para realçar seus encantos e dissimular imperfeições físicas. Embora, atualmente e desde o apogeu do feminismo, elas reivindiquem seu direito à igualdade ante o sexo masculino, nem por isso deixaram de lado as preocupações estéticas, que estão no centro de suas relações com os homens. De fato, que mulher poderia negar que um encontro amoroso requer uma longa e minuciosa preparação de sua* *pessoa? Mas a beleza não é tudo no processo de sedução. Também há certos estratagemas a empregar se ela quiser conservar por muito tempo um amante ao seu lado. Assim, Ovídio, Demócrito, La Bruyère, Epicteto e Madame du Châtelet sussurram alguns valiosos segredos ao ouvido das mulheres que desejarem controlar as intempestivas flutuações de humor de seus companheiros. Entretanto, indo um pouco mais longe, deve-se ter uma certa cautela, principalmente quanto às observações misóginas de Ovídio. Mas elas são tão estrambóticas... Para aplicar com parcimônia.*

Embelezamento

O que nos encanta é a elegância simples. Que vosso penteado esteja em ordem. [...] Há muitas maneiras de arranjardes os cabelos. Cada mulher deve escolher a que valorizá-la mais e, antes de tudo, consultar o espelho. Um rosto alongado requer cabelos repartidos na frente, sem o menor artifício. [...] Erguê-los num pequeno coque no alto da cabeça, de modo a deixar livres as orelhas, é o que convém a um rosto redondo. [...] Cabelos volumosos e soltos convêm a uma; outra deverá juntá-los em ondas e cachos. [...] Um penteado descuidado fica bem a mais de uma, e pensaríamos que ela se penteou na véspera e agora mal o retocou: a arte imita o acaso. [...] Quantos benefícios a natureza dispensa a vossos encantos, pois tendes mil artimanhas para reparar seus danos! Nós [os homens] perdemos vergonhosamente as plumas, e nossos cabelos, levados pela idade, caem como folhas mortas sacudidas pelo vento.

Ovídio, *A arte de amar*

Estive a ponto de advertir-vos de que vossas axilas não devem exalar um odor forte e vossas pernas não devem estar recobertas de pêlos ásperos. [...] Seria como aconselhar-vos a cuidar para que vossos dentes não escureçam por negligência e a lavardes o rosto em vosso toucador toda manhã. Também sois exímias em obter uma tez alva, aplicando pintura; aquela cujo sangue não faz a pele enrubescer naturalmente enrubesce-a artificialmente. [...] Mas que vosso amante nunca vos surpreenda estando vossos artifícios espalhados sobre o toucador: a arte só embeleza a aparência se for invisível. [...] Entretanto podeis mandar que vos penteiem os cabelos na presença dele, para que os veja flutuar sobre vossos ombros. Mas então, acima de tudo, evitai o mau humor e não exijais que tornem a pentear-vos e despentear-vos várias vezes. Que a escrava penteadeira nada tenha a temer de vós: detesto as mulheres que lhe dilaceram o rosto com as unhas ou que agarram um alfinete de cabelos para espetá-lo em seu braço.

Ovídio, *A arte de amar*

Se as mulheres quiserem ser belas apenas para seus próprios olhos e para agradar a si mesmas, certamente poderão seguir seus gostos e caprichos na maneira de embelezar-se, na escolha dos arranjos e do traje. Mas, se é aos homens que desejam agradar, se é para eles que se pintam e se colorem, recolhi as opiniões e anuncio a elas, da parte de todos os homens ou da maioria, que o branco e o vermelho as tornam horríveis e repugnantes; que o vermelho sozinho as envelhece e desfigura; [...] que eles protestam seriamente contra todo artifício a que elas recorrem para enfear-se. [...] Se as mulheres fossem por natureza tais como se tornam por artifício, se perdessem num instante todo o frescor da tez, se tivessem o rosto tão aceso e tão lívido quanto o tornam com o ruge e a pintura com que se mascaram, elas ficariam inconsoláveis.

La Bruyère, *Os caracteres*

É raro que uma figura seja perfeita; ocultai esses defeitos e dissimulai ao máximo vossas imperfeições físicas. Se és baixinha, senta-te, para que, em pé, não pensem que estás sentada, e estende sobre o leito teu corpo miúdo; mesmo então, deitada, para que ninguém possa calcular tua estatura, lança sobre ti um manto que esconda teus pés. Magra demais, deves vestir-te com um tecido que estofe; que um amplo manto penda de teus ombros. Tua tez é demasiadamente clara? Deves usar roupas listadas de cores brilhantes. Demasiadamente escura? Socorre-te de tecidos brancos. Pés mal formados devem sempre ocultar-se em calçados brancos de couro fino; que pernas magras nunca se mostrem sem faixas. Ombreiras finas convêm para ombros quadrados; que um corpete realce um busto chato. Acompanhai vossas palavras de gestos escassos e discretos, se vossos dedos forem grossos e vossas unhas pouco brilhantes. A que tiver hálito malcheiroso nunca deve falar em jejum e sempre manter respeitável distância do homem a quem se dirige. Se teus dentes forem escuros, compridos demais ou mal dispostos, muito te prejudicarás se rires.

Ovídio, *A arte de amar*

As mulheres aprendem a rir e adquirem assim um encanto a mais. Deves abrir moderadamente a boca: que as comissuras de vossos lábios sejam pouco afastadas pelo riso e não deixem ver o alto dos dentes. Que o ventre não se esgote num riso interminável, mas que esse riso soe leve e digno de uma mulher! Há algumas cujos acessos de riso retorcem-lhes a boca de um modo horrível; outras riem às gargalhadas e parecem chorar. O riso de umas soa roufenho e de forma desagradável, tal como o zurrar de uma mula velha.

Ovídio, *A arte de amar*

Uma mulher bela não deve hesitar em mostrar-se em público; em meio à multidão talvez encontre alguém a quem seduzir. Que ela ande por toda parte, ansiosa por agradar, e saiba exibir sabiamente sua beleza. O acaso desempenhará seu papel: deixando o anzol vagar, mesmo na água onde menos se acredita fisgar peixes, haverá de achá-los. [...] Freqüentemente é nos funerais de um homem que se trava conhecimento com um amigo. Aparecer com os cabelos revoltos e deixar correr as lágrimas assenta bem a uma mulher.

Ovídio, *A arte de amar*

Estratagemas amorosos para conservar o amante

Não cedas com excessiva facilidade às investidas de um pretendente, mas não rejeites com excessiva dureza seu assédio. Deves agir de forma que ele simultaneamente se inquiete e tenha esperança, e que a cada uma de tuas respostas sua esperança se fortaleça e seus temores desvaneçam. As palavras que as mulheres empregam devem ser elegantes, mas sem afetação nem esmero excessivo; nada agrada mais do que o tom normal da conversação.

Ovídio, *A arte de amar*

O grande segredo para que o amor não nos torne infelizes é procurar nunca agir em falso para com vosso amante, nunca demonstrar-lhe ardor quando ele se torna frio e ser sempre um grau mais fria do que ele; isso não o trará de volta, porém nada o traria de volta: a única coisa a fazer é esquecer quem deixa de amar-nos. Se ele ainda vos ama, a única coisa capaz de reaquecê-lo e de devolver a seu amor o ardor inicial é o receio de perder-vos e de ser menos amado. Sei que para as almas ternas e sinceras esse segredo é difícil de aplicar; mas apesar disso elas não exigirão demais de si para pô-lo em prática, ainda mais que ele lhes é muito mais necessário do que a outras.

Madame du Châtelet, *Discurso sobre a felicidade*

Favores concedidos com excessiva facilidade são incapazes de alimentar um amor duradouro: às suas doces alegrias deve-se mesclar alguma recusa. Deixai vosso amante para fora do quarto; que ele se irrite na soleira e tenha de recorrer a rogos e ameaças durante muito tempo. Não suportamos o que é insosso; uma bebida amarga excita nosso apetite. [...] Quando teu novo amante estiver preso em tuas redes, que se ufane de ser o único admitido em tua alcova; mas logo deves dar-lhe a impressão de que tem um rival e de que teus favores são partilhados. Sem esses estratagemas o amor envelhece.

Ovídio, *A arte de amar*

Para conservar por muito tempo o coração do amante, é sempre necessário que a esperança e o temor atuem sobre ele.

Madame du Châtelet, *Discurso sobre a felicidade*

Precauções indispensáveis em sociedade

Esperas impaciente que eu te guie nos festins, e também nesse assunto confias em meus conselhos. Deves chegar tarde, para que tua beleza só faça sua entrada à luz das lâmpadas: a espera aumentará teu valor; não há melhor alcoviteira que a espera. Feia que sejas, parecerás bela a olhos perturbados pelo vinho, e a noite bastará para lançar um véu sobre tuas imperfeições. Saboreia as iguarias segurando-as com as pontas dos dedos (a graciosidade deve acompanhar tuas refeições); não lambuzes o rosto com a mão suja. Não te alimentes em casa antes de ir para um festim; mas come com moderação e pára antes de teres te fartado. [...] Beber é mais adequado e convém melhor às mulheres; o amor e o vinho combinam-se bem. No entanto é preciso que a cabeça possa suportá-lo, que tua inteligência e teu andar permaneçam firmes, que teus olhos não vejam em dobro. Que deplorável espetáculo é uma mulher estendida por terra, encharcada de vinho! Nessa situação, merece que o primeiro a aparecer a possua. Ela também perderá toda resistência se, à mesa, entregar-se ao sono, pois habitualmente o sono permite muitas coisas que ofendem o pudor.

Ovídio, *A arte de amar*

Como último recurso...

Que a mulher sinta o prazer de Vênus invadi-la até o fundo de seu ser, e que o gozo seja igual para seu amante e para ela. Que as palavras de amor e os doces murmúrios nunca se interrompam e que vossos embates sejam ritmados por palavras lascivas. Mesmo tu, a quem a natureza recusou as sensações amorosas, deves, com inflexões mentirosas, simular que aprecias suas doces alegrias. Quanto temos de lamentar a mulher na qual permanece insensível esse órgão que deve proporcionar gozos à mulher como ao homem! Mas que tal simulação não seja descoberta. Que tanto os movimentos de teu corpo como a expressão de teus olhos consigam enganar-nos. Que a volúpia, as palavras, a respiração ofegante dêem a ilusão do ardor. [...] Ia me esquecendo: não deixes a luz invadir teu quarto; muitas partes do corpo ganham em não serem vistas à plena luz.

Ovídio, *A arte de amar*

. 4 .

Nunca ceder ao ciúme

Freqüentemente, quando amamos, somos arrastados a contragosto pelos demônios do ciúme. "Onde estavas, com quem, por que, como?" São perguntas com que o ciumento assalta a quem ama, e que podem levá-lo à desgraça e ao mesmo tempo destruir sua união. De fato, o ciúme causa muito mais males do que alegrias, pois enlouquece a quem só enxerga através dele. O ciumento é desconfiado, suspeitoso, agressivo. Sofre de falta de confiança em si e no parceiro. Gasta o tempo espreitando o objeto de seu amor, passando a pente fino os atos e os gestos deste. Seu sentimento doentio afunda-o num pavor terrífico e devastador. O ciúme causa muito mal aos que cedem a ele.

Mas também fora do amor existe ciúme. Nesse caso ele está mais próximo da inveja e da cobiça, e vem acompanhado de maldade. Considerada como um dos sete pecados capitais e abominada pela moral cristã, a inveja é nociva e profundamente estéril. Procuremos canalizar a energia que gastamos invejando os outros, a fim de tirarmos proveito dela e obtermos por nossos próprios meios o que nos falta. Dominar essa paixão absolutamente nefasta e próxima da loucura talvez já baste para vivermos mais tranqüilamente.

O amor faz nascer o ciúme, mas o ciúme faz morrer o amor. [...] O ciúme é injurioso para quem fica sujeito a ele.

Cristina da Suécia, *Máximas*

A inveja banal tem o hábito de cacarejar assim que a galinha invejada põe um ovo. É uma forma de aliviar-se e de acalmar-se. Mas existe uma inveja ainda mais profunda: em tal situação, ela permanecerá muda e desejará que todo o mundo seja obrigado a calar-se, furiosa por não acontecer exatamente assim. A inveja que se cala cresce no silêncio.

Nietzsche, *Humano, demasiado humano*

Apenas os que agissem bem mereceriam ser invejados, se não houvesse um partido mais certo a tomar, que seria agir ainda melhor: essa é uma doce vingança contra os que nos causam tal sentimento.

La Bruyère, *Os caracteres*

Não devemos invejar ninguém; pois os homens de bem não merecem ser invejados, e os homens maus, quanto melhor é sua sorte mais corrompem a si mesmos.

Epicuro, *Sentenças vaticanas*

Parece que, se uma suspeita injusta, bizarra e sem fundamento recebeu um dia o nome de ciúme, esse outro ciúme que é um sentimento justo, natural, fundamentado na razão e na experiência mereceria um outro nome. O temperamento tem muito a ver com o ciúme, e este nem sempre pressupõe uma grande paixão. [...] Com o ciúme sofremos e causamos sofrimento aos outros.

La Bruyère, *Os caracteres*

Poucas pessoas lembram que foram jovens e como lhes era difícil ser castas e moderadas. A primeira coisa que acontece com os homens depois de renunciarem aos prazeres (por conveniências sociais, ou por cansaço, ou pela saúde) é condená-los nos outros. Nessa conduta entra uma espécie de apego às próprias coisas que acabamos de deixar de lado: gostaríamos que um bem que já não existe para nós não existisse também para o restante do mundo; é um sentimento de ciúme.

La Bruyère, *Os caracteres*

De certa forma, o ciúme é justo e lógico, pois tende apenas a conservar um bem que nos pertence ou que julgamos pertencer-nos; já a inveja é um desatino que não pode suportar o bem dos outros.

La Rochefoucauld, *Máximas*

Todo ciúme é sem proveito, pois, procurando o que pode prejudicar a outrem, perde de vista seu próprio interesse.

Demócrito, *Fragmentos*

Há no ciúme mais amor-próprio do que amor.

La Rochefoucauld, *Máximas*

O ciúme sempre nasce com o amor, mas nem sempre morre com ele.

La Rochefoucauld, *Máximas*

O ciúme é o maior de todos os males e o que menos desperta piedade nas pessoas que o causam.

La Rochefoucauld, *Máximas*

O remédio para o ciúme é a certeza do que se teme, pois ela causa o fim da vida ou o fim do amor; é um remédio cruel, porém menos amargo do que as dúvidas e as suspeitas.

La Rochefoucauld, *Máximas*

Quanto mais falamos de nosso ciúme, mais os pontos que desagradaram surgem de diferentes ângulos; as menores circunstâncias os mudam e levam sempre a descobrir algo de novo. Essas novidades fazem-nos rever sob outros aspectos o que julgávamos ter visto e pesado suficientemente; procuramos ater-nos a uma opinião e não nos atemos a coisa alguma; tudo o que há de mais oposto e de mais indefinido apresenta-se ao mesmo tempo; queremos odiar e queremos amar, porém amamos ainda quando odiamos e odiamos ainda quando amamos; acreditamos em tudo e duvidamos de tudo; sentimos vergonha e ressentimento por haver acreditado e por haver duvidado; esforçamo-nos incessantemente por estabelecer nossa opinião e nunca a conduzimos a um ponto fixo. [...] Não somos suficientemente bem-sucedidos em ousar crer no que desejamos, nem mesmo suficientemente bem-sucedidos em estar seguros do que mais tememos. Ficamos escravizados a uma eterna incerteza, que nos apresenta sucessivamente bens e males que sempre nos escapam.

La Rochefoucauld, *Máximas*

Quando amamos, [...] acrescentamos sempre uma nova perfeição à idéia que temos de nossa amante, ou descobrimos um novo meio, que de início parece excelente, de nos fazermos mais amados. Cada passo da imaginação é recompensado com um momento de delícias. Não é de admirar que tal maneira de ser seja aliciante.

No momento em que nasce o ciúme, o mesmo hábito da alma permanece, mas para produzir um efeito contrário. Cada perfeição que acrescentais à coroa do objeto de vosso amor, e que talvez ame um outro, em vez de proporcionar-vos uma alegria celestial, revolve um punhal em vosso coração. Uma voz brada-vos: esse prazer tão encantador, é teu rival que o desfrutará.

Stendhal, *Do amor*

Quanto ao ciúme nas mulheres, elas são desconfiadas, arriscam infinitamente mais do que nós, sacrificaram mais ao amor, têm muito menos meios de distração, sobretudo têm muito menos meios de verificar os atos de seu amante. Uma mulher sente-se aviltada pelo ciúme: parece correr atrás de um homem, julga-se motivo de troça para seu amante e que ele zomba principalmente de seus mais ternos arroubos; tem de inclinar-se à crueldade e no entanto não pode matar legalmente sua rival.

Nas mulheres, portanto, o ciúme deve ser um mal ainda mais abominável, se possível, do que nos homens. É tudo o que o coração humano pode suportar de raiva impotente e de autodesprezo, sem se partir. Para um mal tão cruel não conheço outro remédio a não ser a morte de quem o inspira ou de quem o sofre.

Stendhal, *Do amor*

. 5 .
O casamento

Já nos primeiros dias em que mulher e marido começam a viver juntos, a vida pode tornar-se rotina e trazer seu cortejo de tédio, brigas, baixezas, decepções e constantes recriminações... Quaisquer que sejam a realidade e as exceções, é assim que a literatura pinta o casamento; principalmente Balzac, em As pequenas misérias da vida conjugal. *Com muito humor e uma pequena dose de misoginia, ele descreve as manias femininas, as fantasias masculinas e as dificuldades cotidianas que decorrem desse estranho confronto. Já Voltaire considera que o casamento tem tantas possibilidades de ser feliz como de não o ser. Portanto, é com nós mesmos que devemos contar para que ele seja um sucesso e proporcione felicidade e satisfação; enfim, para que encontremos em cada dia que passa a confirmação da paixão e da razão pelas quais nos casamos.*

Um homem livre e que não tiver mulher, se possuir algum espírito poderá elevar-se acima de sua fortuna, participar da vida social, caminhar de par com as pessoas mais honoráveis. Isso é menos fácil para quem está comprometido: parece que o casamento impõe sua ordem a todo o mundo.

La Bruyère, *Os caracteres*

Para ser feliz, o casamento exige uma contínua troca de transpirações.

Napoleão I, *Máximas e pensamentos*

Só após sete anos de casamento tecerás elogios a tua mulher.

Provérbio russo

O casamento é o maior dos males ou dos bens.

Atribuído a Voltaire

Evitar ser visto sozinho com uma mulher que não é a sua, eis um pudor bem aplicado; sentir um certo desconforto em achar-se em público com pessoas cuja reputação é atacada não é incompreensível. Mas que falsa vergonha faz um homem enrubescer por causa de sua mulher e impede-o de aparecer em público com aquela que escolheu para companheira inseparável, que deve constituir sua alegria, suas delícias e toda sua sociedade; com aquela que ele ama e estima, que é seu ornamento e cujo espírito, mérito, virtude e aliança honram-no? Por que ele não começa por envergonhar-se de seu casamento?

La Bruyère, *Os caracteres*

– Não é vergonha nem crime um jovem desposar uma mulher de idade avançada; às vezes é prudência, é precaução. A infâmia está em zombar de sua benfeitora com tratamentos indignos e que lhe revelam que é enganada por um hipócrita e ingrato. [...] Se é permitido enganar, é apenas numa ocasião em que ser sincero seria rudeza.

– Mas ela está vivendo muito tempo!

– Havíeis estipulado que ela morresse depois de assinar vossa fortuna e a quitação de todas vossas dívidas? [...] Está ela errada em viver? Se vós próprio morrerdes antes dessa cujos funerais havíeis acertado, à qual destináveis o solene dobrar dos sinos e os belos paramentos, será ela responsável por isso?

La Bruyère, *Os caracteres*

Às vezes é agradável para um marido ter uma mulher ciumenta: ele está sempre ouvindo falar daquilo que ama.

La Rochefoucauld, *Máximas*

Geralmente uma pessoa jovem só revela seu verdadeiro caráter após dois ou três anos de casamento. Sem querer, ela dissimula seus defeitos em meio às primeiras alegrias, às primeiras festas. Freqüenta a sociedade para dançar, vai à casa dos pais para fazer-vos brilhar ali, viaja escoltada pelas primeiras malícias do amor, faz-se mulher. Depois torna-se mãe e nutriz; e nessa situação repleta de alegrias e de sofrimentos, que não deixa para a observação nem uma palavra, nem um minuto, de tanto que as preocupações se multiplicam, é impossível julgar uma mulher. Foram-vos necessários três ou quatro anos de vida íntima para que pudésseis descobrir uma coisa horrivelmente triste, um motivo de perpétuos terrores. Vossa mulher, aquela jovem em quem os primeiros prazeres da vida e do amor serviam como graciosidade e espírito, tão coquete, tão animada, tão viva, cujos menores movimentos tinham uma deliciosa eloqüência, foi se despojando lentamente, um a um, de seus artifícios naturais. Finalmente percebestes a verdade! Recusastes-vos a percebê-la, julgastes estar enganado; mas não: Caroline não tem espírito, é obtusa, não sabe pilheriar nem discutir, às vezes tem pouco tato. Ficais apavorado.

Honoré de Balzac, *As pequenas misérias da vida conjugal*

Certos maridos ficam tão encantados por ter uma mulher deles – sorte devida unicamente às leis – que receiam um erro por parte do público e se apressam em marcar sua esposa, como os madeireiros marcam seus troncos flutuantes ou os proprietários de Berry seus carneiros. Diante de todo o mundo, prodigalizam a [...] suas mulheres apelidos tirados do reino animal, e chamam-nas de:

minha pombinha, minha gata, meu ratinho, meu coelhinho; ou, passando para o reino vegetal, denominamnas: meu chuchu, meu figo (apenas na Provence), minha ameixa (apenas na Alsácia); mas nunca: minha flor! (notai essa discrição). Ou, o que se torna mais grave: nenê, mamãe, filhinha, patroa, minha velha (quando a mulher é muito jovem)! Alguns arriscam apelidos de uma decência duvidosa, tais como: meu bichinho, tesouro, fofinha! Ouvimos um de nossos homens políticos, o mais notável por sua feiúra, chamando sua mulher de: monstrinha!

– Eu preferiria que ele me desse um tapa! – disse aquela infeliz à sua vizinha.

Balzac, *As pequenas misérias da vida conjugal*

Em todos os casais, maridos e mulheres ouvem soar uma hora fatal. É um verdadeiro dobre fúnebre a morte do ciúme – uma grande, nobre, encantadora paixão, o único sintoma verdadeiro do amor, isso se não for seu duplo. Quando uma mulher deixa de sentir ciúme do marido, não é preciso dizer mais nada: ela já não o ama. Por isso o amor conjugal se extingue na última briga que uma mulher faz.

Balzac, *As pequenas misérias da vida conjugal*

Discutindo no travesseiro, nove vezes em dez a mulher obtém o que deseja.

Provérbio chinês

. 6 .

Dificuldades das relações humanas: como resolvê-las

"A insociável sociabilidade": foi com essa expressão ambígua e paradoxal que no século XVIII Immanuel Kant descreveu a necessidade que o homem sente de viver em sociedade e a dificuldade que paralelamente essa convivência apresenta. Como animal social, o homem deve encontrar o meio-termo entre seus próprios desejos, inquietações e projetos, e tem como obrigação integrá-los à vida em comunidade – pois, e isso desde os gregos, por ser homem o indivíduo não é menos cidadão.

Dessa relação indispensável que une os homens entre si decorrem certas regras que cada qual deve seguir para conciliar seu próprio eu *com os dos que o cercam. O princípio essencial, que resume a trama das relações humanas, consiste em estar alerta, em não se expor inutilmente à crítica dos outros, e ao mesmo tempo ser capaz de empenhar-se e descobrir-se numa relação de amizade; pois um homem sem amigos não é um homem completo. Prudência, generosidade e circunspecção são as palavras-chave para uma convivência tranqüila.*

Pequenas coisas a saber para apreciar a vida em sociedade

É mais necessário estudar os homens do que os livros.

La Rochefoucauld, *Máximas*

Todos aqueles que deixamos esperando por muito tempo na antecâmara de nosso favor acabam por fermentar e por sucumbir ao azedume.

Nietzsche, *Humano, demasiado humano*

Considerar certas pessoas como incapazes de falar com justeza e condenar o que elas dizem, disseram e dirão é abreviar e evitar mil discussões.

La Bruyère, *Os caracteres*

Se observardes atentamente quem são as pessoas que não conseguem elogiar, que estão sempre criticando, que não estão contentes com ninguém, reconhecereis que são as mesmas com quem ninguém está contente.

La Bruyère, *Os caracteres*

Saber pedir. Não há coisa mais difícil para alguns nem mais fácil para outros. Há os que não sabem recusar, e com estes não é necessário gazua para obter o que se deseja. Há outros cuja primeira palavra a qualquer hora é "não"; com estes é preciso habilidade. E com todos é preciso escolher o momento: surpreender os ânimos quando estiverem alegres porque o corpo ou o espírito acaba de alimentar-se. Se a agudeza de quem é solicitado não atenta para a sutileza de quem solicita, os dias de gozo são os dias de favor, pois este vem do íntimo para fora.

Gracián, *A arte da prudência*

Um homem que não quer dominar sua cólera, seus acessos de ódio e de vingança nem sua luxúria, e que apesar disso aspira à posição de mestre em qualquer âmbito que seja, é tão tolo quanto o agricultor que coloca seu campo às margens de uma torrente sem se proteger dela.

Nietzsche, *Humano, demasiado humano*

Por admirar demais as virtudes dos outros podemos perder a noção das nossas próprias de tal forma que, deixando de exercê-las, esquecemo-las completamente, sem por isso recebermos a dos outros como compensação.

Nietzsche, *Humano, demasiado humano*

O egoísta não é aquele que vive como lhe apraz; é aquele que pede aos outros para viverem como lhe apraz. O altruísta é aquele que deixa os outros viverem suas vidas sem interferir.

Wilde, *Aforismos*

Tratar todos os homens com a mesma benevolência e prodigalizar bondade indistintamente pode ser prova tanto de um profundo desdém pelos homens quanto de um sincero amor por eles.

Nietzsche, *Humano, demasiado humano*

Quando vires um homem gemer de desolação, seja porque seu filho está ausente, seja porque perdeu tudo o que possuía, cuida de não te deixares levar pela idéia de que os males que ele sofre lhe advêm de fora. Ao contrário, deves estar preparado para dizer prontamente: "O que o aflige não é o que lhe está acontecendo, pois outros não se afligiram por isso; é a forma como ele julga esse acontecimento." Por isso não hesites, mesmo por palavras, em testemunhar-lhe simpatia e até, se houver oportunidade, em gemer com ele; mas, mesmo assim, cuida de não gemeres também do fundo da alma.

Epicteto, *Manual*

Ninguém se cansa de receber um favor. Ora, prestar favor é agir em conformidade com a natureza. Portanto, não te canses de, tornando obrigados os outros, prestar favor a ti mesmo.

Marco Aurélio, *Pensamentos*

Cuida de nunca teres com relação aos misantropos os sentimentos que os misantropos têm com relação aos homens.

Marco Aurélio, *Pensamentos*

Podemos considerar os pequenos incidentes que vêm aborrecer-nos a todo momento como destinados a manter-nos em forma, a fim de que a força necessária para suportar as grandes desgraças não se relaxe inteiramente nos dias felizes. Quanto às apoquentações cotidianas, aos pequenos atritos nas relações humanas, aos choques insignificantes, às inconveniências, aos mexericos e outras coisas semelhantes, devemos estar encouraçados contra eles; ou seja, não apenas não levá-los a sério e remoê-los, mas nem sequer senti-los; devemos não nos deixar atingir por eles, afastá-los com o pé, como aos pedregulhos no meio do caminho, e nunca transformá-los em objeto íntimo de reflexão e meditação.

Schopenhauer, *Aforismos para a sabedoria de vida*

Se o espírito de renúncia impelir alguém a buscar voluntariamente a solidão, ele poderá, saboreando-as raramente, transformar numa delicada iguaria suas relações com os homens.

Nietzsche, *Humano, demasiado humano*

Quando tivermos feito para com certas pessoas o bastante para conquistá-las, se isso não der resultado haverá ainda um recurso, que é nada mais fazer.

La Bruyère, *Os caracteres*

Devemos apregoar nossa infelicidade, gemer alto de tempos em tempos, impacientar-nos ostensivamente; pois, se mostrássemos aos outros como estamos intimamente tranqüilos e felizes apesar das dores e das privações, quão invejosos e maus os tornaríamos! Ora, devemos zelar para não tornar piores nossos semelhantes; ademais, se eles soubessem de nossa felicidade, iriam sobrecarregar-nos com pesados tributos. Assim sendo, nosso sofrimento público representa para nós um triunfo privado.

Nietzsche, *Humano, demasiado humano*

Quando um homem comete uma falta contra ti, deves imaginar prontamente qual idéia ele pode ter do bem ou do mal para cometer tal falta. Isso porque, quando o souberes, não sentirás por ele nem espanto nem cólera, e sim piedade; pois tendes ambos idéias iguais ou parecidas a respeito do bem, e portanto deves perdoá-lo. Se porém não compartilhas suas idéias sobre o bem e o mal, mais facilmente serás benevolente com quem não sabe distingui-los.

Marco Aurélio, *Pensamentos*

Pequenos favores prestados no momento oportuno são os mais valiosos aos olhos dos que os recebem.

Demócrito, *Fragmentos*

Atenderdes pessoalmente, tanto quanto possível, a vossas necessidades mais imperiosas, mesmo que de um modo imperfeito: eis como alcançar a liberdade do espírito e da pessoa. Aceitar que outrem atenda a necessidades numerosas e mesmo supérfluas, e tão perfeitamente quanto possível, acaba por reduzir-vos a um estado de dependência.

Nietzsche, *Humano, demasiado humano*

Para certas pessoas, falar e ofender é exatamente a mesma coisa. São ferinas e amargas; seu estilo é mesclado de fel e absinto: a zombaria, a injúria, o insulto escorrem-lhes dos lábios como saliva. A elas seria útil ter nascido mudas ou broncas, pois o que têm de vivacidade de espírito prejudica-as mais do que a alguns outros a estultice. Nem sempre se contentam em replicar com azedume: freqüentemente atacam com insolência; golpeiam tudo o que está sujeito à sua língua, os presentes e os ausentes; investem de frente e de lado, como carneiros. [...] O melhor que podemos fazer, tão logo as avistemos, é fugir delas em disparada e sem olhar para trás.

La Bruyère, *Os caracteres*

Na corte falamos bem de alguém por duas razões: a primeira, para que fique sabendo que falamos bem dele; a segunda, para que fale bem de nós.

La Bruyère, *Os caracteres*

Pode-se dizer sobre o humor dos homens, como sobre a maioria das construções, que ele tem diversas faces, umas agradáveis e outras desagradáveis.

La Rochefoucauld, *Máximas*

Obtemos do inimigo muito mais respeito e garantias quando nos rendemos de armas na mão.

Sêneca, *Da vida feliz*

Prudência e comedimento com os outros e consigo

Nada comenteis dos negócios de que ouvistes falar, ignorai tudo dos negócios sobre os quais vos interrogam, não vos intrometais nos negócios que não vos dizem respeito, voltai para casa assim que não tiverdes mais negócios a tratar.

Provérbio chinês

É agir com sabedoria nunca falar por superlativos, tanto para não se expor a ofender a verdade como para não desdourar a sensatez. Os exageros são prodigalidades da avaliação e revelam pequenez do conhecimento e do gosto. Os louvores excessivos despertam vivamente a curiosidade e aguçam o desejo; e, depois, se o valor não corresponde à avaliação, como ocorre habitualmente, a expectativa revolta-se contra o logro e vinga-se menosprezando o louvado e quem louvou. Por isso o homem prudente avança a passos curtos e prefere pecar por escassez a pecar por excesso. A excelência é rara; portanto, deve-se moderar a avaliação. O exagero é uma espécie de mentira, e nele se perde o mérito do bom gosto, que é grande, e o da inteligência, que é ainda maior.

Gracián, *A arte da prudência*

Costumamos detestar gratuitamente e antes mesmo de conhecer quem detestamos; e às vezes essa aversão inata e vulgarizante ousa voltar-se contra homens eminentes. É preciso que a sensatez a corrija, pois nada desacredita mais do que detestar os melhores. Assim como é meritória a simpatia pelos heróis, é desonrosa a antipatia por eles.

Gracián, *A arte da prudência*

O homem de uma única ocupação e de uma única conversa costuma ser cansativo. A brevidade é lisonjeira e melhor negociante; ganha em cortesia o que perde em curteza. O que é bom é duas vezes bom se for breve; e igualmente o que é mau, se for pouco, não é tão mau. As quintessências têm mais efeito do que as miscelâneas. É uma verdade reconhecida que o homem falador raramente é bom entendedor. [...] Há homens que servem mais de estorvo que de adorno; são alfaias perdidas, que todos descartam. O homem discreto deve cuidar para não ser importuno, e menos ainda aos grandes personagens, que vivem muito ocupados; pois seria pior aborrecer um único deles do que todo o restante do mundo. O que é bem dito se diz com pouco.

Gracián, *A arte da prudência*

Dar alguns tiros para o alto – a fim de estudar a aceitação, de ver como as coisas são recebidas, principalmente as duvidosas no acertar e no agradar. Assim se garante o êxito e sobra espaço para avançar ou recuar. Dessa forma sondam-se as vontades e o homem atilado sabe onde tem os pés: prevenção máxima do querer, do pedir e do mandar.

Gracián, *A arte da prudência*

Não morrer de desventura alheia. Fica sabendo que quem está no atoleiro te chama para buscar consolo na desgraça mútua. Procuram quem os ajude a carregar a desventura, e os que na prosperidade te davam as costas agora te estendem a mão. Deves ter muito cuidado com os que se afogam, para os acudires sem risco.

Gracián, *A arte da prudência*

A esperteza não é uma qualidade demasiado boa nem demasiado má: flutua entre o vício e a virtude. Não há circunstância em que ela não possa – ou talvez em que não deva – ser substituída pela prudência. A esperteza é ocasião próxima da velhacaria; de uma para a outra o passo escorrega. [...] Com pessoas que por esperteza tudo escutam e pouco falam, falai menos ainda; ou, se falardes muito, dizei pouca coisa.

La Bruyère, *Os caracteres*

Sabei exatamente o que podeis esperar dos homens em geral e de cada um deles em particular, e em seguida lançai-vos no comércio do mundo.

La Bruyère, *Os caracteres*

Não te mostres suspeitoso de todos, mas sim prudente e firme.

Demócrito, *Fragmentos*

Qual é pois o bajulador contra o qual devemos precaver-nos? É aquele que não aparenta sê-lo, [...] mas que, sóbrio e moderado, curioso de tudo ver e tudo ouvir, procura imiscuir-se em nossos negócios, penetrar nossos segredos mais íntimos; enfim, aquele que, longe de desempenhar seu papel como um bufão ou um comediante, mantém em toda sua conduta um cunho sério e honesto. [...] Assim, a bajulação mais perigosa não é a que se manifesta por gracejos, mas a que, encobrindo-se, avança com seriedade para seu objetivo. É aquela que nos leva a suspeitar da verdadeira amizade, porque se assemelha a ela; e se não estivermos muito atentos será fácil confundi-las.

Plutarco, *Da maneira de distinguir o bajulador do amigo*

O moscardo agarra-se às orelhas dos touros e o carrapato às dos cães. Assim o bajulador, espicaçando com louvores os ouvidos dos que amam a glória, agarra-se tão fortemente a eles que não conseguem mais separar-se.

Plutarco, *Da maneira de distinguir o bajulador do amigo*

Principalmente quando o bajulador nos elogia é que devemos desconfiar dele. Ele não ignora isso e, hábil em evitar suspeitas, só dá livre curso à sua bajulação quando trata com um homem imbecil ou fútil.

Plutarco, *Da maneira de distinguir o bajulador do amigo*

Um meio não menos seguro de reconhecer o bajulador é examinar suas disposições para com nossos verdadeiros amigos. Nada é mais agradável do que partilhar com várias pessoas os sentimentos de uma benevolência recíproca, e um amigo verdadeiro trabalha incessantemente para tornar-nos caros e estimáveis a todos os que nos conhecem. Convicto de que entre amigos tudo é compartilhado, quer partilhar com eles principalmente a amizade. Mas o bajulador, amigo falso e pérfido, que não consegue dissimular a si mesmo o mal que causa à amizade ao transformá-la em moeda, exerce contra seus semelhantes a inveja que lhe é natural e procura suplantá-los [...]. Da mesma forma, afasta os verdadeiros amigos. Se não consegue ter êxito nisso, bajula-os em público, procura-os e prodigaliza-lhes demonstrações de estima; mas, em segredo, semeia calúnias contra eles e agrava-as ainda mais com seus discursos.

Plutarco, *Da maneira de distinguir o bajulador do amigo*

A sinceridade é uma abertura de coração. É encontrada em pouquíssimas pessoas; e a que se vê habitualmente não passa de uma hábil dissimulação para atrair a confiança dos outros.

La Rochefoucauld, *Máximas*

A humildade freqüentemente não passa de uma submissão simulada, a que se recorre para submeter os outros; é um artifício do orgulho, que se rebaixa para elevar-se; e, embora este se transforme de mil maneiras, nunca está mais bem disfarçado e mais apto para enganar do que ao ocultar-se sob a figura da humildade.

La Rochefoucauld, *Máximas*

Não se deve julgar o mérito de um homem por suas grandes qualidades, e sim pelo uso que faz delas.

La Rochefoucauld, *Máximas*

É preciso conhecer o melhor e o pior de que um homem é capaz, em sua maneira de conceber as coisas e de executá-las, para poder medir o desenvolvimento e o remate de sua natureza moral. Mas é impossível conhecer isso.

Nietzsche, *Humano, demasiado humano*

Fazer o bem aos homens é tão perigoso quanto acariciar animais selvagens.

Cristina da Suécia, *Máximas*

Os homens são como crianças que adquirem maus modos quando as mimamos; por isso não devemos ser demasiado indulgentes ou demasiado amáveis com ninguém. [...] O que os homens não podem absolutamente suportar é a idéia de que precisamos deles; a ela sempre se seguem inevitavelmente a arrogância e a presunção. [...] Nunca e de modo algum necessitar dos outros, e fazê-los ver isso, é a única maneira de mantermos a superioridade nas relações. Portanto, é prudente de tempos em tempos fazer todos eles, homem ou mulher, sentirem que podemos muito bem dispensá-los; isso fortalece a amizade.

Schopenhauer, *Aforismos para a sabedoria de vida*

Em suas relações, as pessoas fazem como a lua e os corcundas: sempre nos mostram apenas uma face. Chegam mesmo a ter um talento inato para transformar a fisionomia, por uma mímica hábil, numa máscara que representa com muita exatidão o que deveriam ser na realidade; essa máscara, recortada na medida exclusiva de sua individualidade, adapta-se e ajusta-se tão bem que a ilusão é completa. [...] Em todo caso, cuidemos para não formar uma opinião muito favorável de um homem que houvermos acabado de conhecer; habitualmente ficaríamos decepcionados, para confusão e talvez mesmo prejuízo nosso. Ainda sobre esse assunto, uma observação que merece registro: é precisamente nas pequenas coisas, em que não pensa em apurar sua atitude, que o homem revela seu caráter; é em ações insignificantes, às vezes em simples maneiras, que podemos observar facilmente esse egoísmo ilimitado, sem consideração por ninguém, e que posteriormente tampouco se desmentirá nas grandes coisas, mas que se dissimulará [...]. Esse indivíduo, podeis ter certeza, não tem no coração o sentimento do justo; será um velhaco também nas grandes circunstâncias, todas as vezes que a lei ou a força não lhe atarem as mãos. Não permitais que esse homem cruze a soleira de vossa porta.

Schopenhauer, *Aforismos para a sabedoria de vida*

Que as pessoas se vangloriem do que quer que seja – coragem ou erudição, inteligência ou espírito, sucesso com as mulheres ou riquezas, ou nobreza –, e poderemos concluir que precisamente nesse capítulo lhes falta alguma coisa; pois quem possui real e completamente uma qualidade não pensa em exibi-la e afetá-la; está perfeitamente tranqüilo sob esse aspecto.

Schopenhauer, *Aforismos para a sabedoria de vida*

Na medida do possível, não devemos guardar animosidade contra ninguém; contentemo-nos em observar bem os procedimentos de todos e em memorizá-los, para estabelecer por eles o valor de cada um, pelo menos no que nos concerne, e para regular de acordo nossa atitude e nossa conduta para com as pessoas. Devemos estar sempre convictos de que o caráter nunca muda: esquecer um golpe baixo é jogar pela janela dinheiro duramente adquirido. Mas seguindo minha recomendação estaremos protegidos contra a confiança louca e contra a amizade desarrazoada.

Schopenhauer, *Aforismos para a sabedoria de vida*

Tenho mais confiança num bom cão, quando balança a cauda, do que em todas essas demonstrações e maneirismos. A amizade verdadeira, a amizade sincera pressupõe que um tem na felicidade e infelicidade do outro uma participação enérgica, puramente objetiva e totalmente desinteressada; e essa participação, por sua vez, pressupõe uma identificação real do amigo com seu amigo.

Schopenhauer, *Aforismos para a sabedoria de vida*

Feliz o príncipe que vive entre pessoas sinceras que se interessam por sua reputação e sua virtude. Mas aquele que vive entre aduladores, como é infeliz por passar a vida assim no meio de seus inimigos!

Sim! No meio de seus inimigos! Pois devemos encarar como tais todos os que não nos falam de peito aberto; que sempre se mostram a nós com duas caras; que nos fazem viver numa noite eterna e nos cobrem de uma nuvem espessa para impedir-nos de ver a verdade que se apresenta.

Montesquieu, *Elogio da sinceridade*

Cifrar a vontade. [...] O saber mais prático é a arte de dissimular. Quem joga jogo aberto corre o risco de perder. Que a circunspecção do recatado enfrente a argúcia do atilado; para linces das palavras, ostras de interioridade. Que nunca cheguem a conhecer teus gostos, para que não se antecipem a ti, uns para a contradição, outros para a lisonja.

Gracián, *A arte da prudência*

A amizade

Um amigo verdadeiro é o maior de todos os bens, e de todos o que menos pensamos em adquirir.

La Rochefoucauld, *Máximas*

Se fizeres novos amigos, não esqueças os antigos.

Erasmo, *Adágios*

Um amigo verdadeiro é algo tão vantajoso, mesmo para os grandes senhores, para que fale bem deles e os apóie mesmo ausentes, que estes devem fazer tudo para tê-los. Mas saibam escolher; pois, se empenharem todas suas forças com tolos, isso lhes será inútil, por mais que estes falem bem deles; e mesmo não falarão bem, caso se considerem os mais fracos porque não têm autoridade; e assim falarão mal, e acompanhados.

Pascal, *Pensamentos*

Não se é amigo de uma mulher quando se pode ser seu amante.

Balzac, *As pequenas misérias da vida conjugal*

Critica teu amigo em segredo; elogia-o diante dos outros.

Leonardo da Vinci, *Cadernos*

Quem procura um amigo sem defeitos fica sem amigo.

Provérbio turco

Um amigo pode correr o risco de desagradar com suas advertências quando o motivo delas for importante. Se, ao contrário, assumindo menos o tom de um amigo que o de um pedante, ele se tornar rigoroso a respeito de ninharias, suas opiniões nas coisas relevantes perderão a força e o efeito, porque terá abusado da liberdade, como um médico que aplicasse para doenças leves um desses remédios amargos e caros que só se usam nos casos mais graves. Portanto, deve-se evitar cuidadosamente essa facilidade para censurar.

Plutarco, *Da maneira de distinguir o bajulador do amigo*

Os inimigos de nossos inimigos são nossos amigos.

Provérbio francês

Alguém que vos compreende, mesmo nos confins do mundo, é como um vizinho.

Provérbio chinês

O que os homens chamaram de amizade não é mais que uma sociedade, um acerto recíproco de interesses e uma troca de bons serviços; enfim, não passa de um comércio em que o amor-próprio sempre se propõe a ganhar algo para si.

La Rochefoucauld, *Máximas*

Só podemos amar o que tem a ver conosco, e não fazemos mais que seguir nosso gosto e nosso prazer quando preferimos nossos amigos a nós mesmos; no entanto, é unicamente por essa preferência que a amizade pode ser verdadeira e perfeita.

La Rochefoucauld, *Máximas*

Os grandes amigos são para as grandes ocasiões; não se deve empregar muito favor em coisas poucas, pois seria esbanjamento: a âncora sagrada sempre se reserva para o máximo perigo. Se no pouco se abusar do muito, o que sobrará para depois? Mais vale ter e conservar as pessoas do que os haveres.

Gracián, *A arte da prudência*

Quando um homem com quem mantemos relações menos ou mais estreitas nos faz algo que nos desagrada ou aborrece, basta que nos perguntemos se aos nossos olhos ele tem ou não suficiente valor para que aceitemos de sua parte, uma segunda vez e mais amiúde ainda, um tratamento igual ou mesmo um pouco mais acentuado [...]. Em caso afirmativo, não há mais o que dizer, pois falar simplesmente de nada adiantaria: temos de deixar a coisa passar, com ou sem admoestação; porém devemos lembrar que dessa forma estamos atraindo sua repetição. No caso de uma resposta negativa, temos de romper com o amigo querido, imediatamente e para sempre.

Schopenhauer, Aforismos para a sabedoria de vida

A melhor ocasião para pôr à prova a sinceridade de um amigo é o momento em que lhe anunciardes uma desgraça que acaba de atingir-vos. Vereis então retratar-se em sua fisionomia uma aflição verdadeira, profunda e sem mescla; ou, ao contrário, por sua calma imperturbável, por uma expressão que se esboçar fugidiamente, ele confirmará a máxima de La Rochefoucauld: "Na adversidade de nossos melhores amigos encontramos sempre algo que não nos desagrada." Nessas ocasiões, aqueles a quem costumamos chamar de amigos mal conseguem reprimir o frêmito, o leve sorriso da satisfação. Há poucas coisas que tão seguramente lhes causem bom humor quanto o relato de alguma calamidade que vos atingiu recentemente, ou ainda a confissão sincera que lhes fazeis de alguma fraqueza pessoal.

Schopenhauer, Aforismos para a sabedoria de vida

Muitas pessoas que parecem ser nossos amigos não o são realmente; o contrário também é verdade.

Demócrito, *Fragmentos*

A amizade de um único homem sensato vale mais que a de todos os insensatos juntos.

Demócrito, *Fragmentos*

Não vale a pena viver se não temos um bom amigo.

Demócrito, *Fragmentos*

Entre as coisas de que a sabedoria se provê para a felicidade da vida inteira, a mais importante é indiscutivelmente a posse da amizade.

Epicuro, *Máximas capitais*

Nunca se deve esconder do amigo coisas que ele tem interesse em saber.

Cristina da Suécia, *Máximas*

A distância e a ausência prolongada prejudicam qualquer amizade, embora não nos agrade admiti-lo. As pessoas que não vemos, mesmo sendo nossos amigos mais queridos, vão se evaporando insensivelmente com a marcha do tempo, até o estado de noções abstratas; isso faz que nosso interesse por elas se torne cada vez mais uma questão de razão, de tradição, por assim dizer. O sentimento vivo e profundo fica reservado àqueles que temos ante nossos olhos.

Schopenhauer, *Aforismos para a sabedoria de vida*

Os amigos dizem-se sinceros, mas os inimigos é que o são; por isso, para aprendermos a conhecer a nós mesmos, deveríamos aceitar suas críticas como se engole um remédio amargo.

Schopenhauer, *Aforismos para a sabedoria de vida*

Um homem simples que só tem a verdade para dizer é visto como perturbador do prazer geral. Evitam-no, porque não agrada; fogem da verdade que ele proclama, porque é amarga; fogem da sinceridade que professa, porque ela só traz frutos selvagens; temem-na porque humilha, porque revolta o orgulho, que é a mais cara das paixões, porque ela é um pintor fiel, que nos mostra tão disformes quanto somos.

Por isso não é de espantar que a sinceridade seja tão rara: em toda parte é expulsa, é proscrita. Coisa admirável! Ela mal encontra um asilo no seio da amizade.

Montesquieu, *Elogio da sinceridade*

Se conhecêssemos bem o valor de um verdadeiro amigo, passaríamos a vida procurando-o. Seria o maior dos bens que pediríamos ao céu, e, quando este houvesse atendido nossos rogos, julgar-nos-íamos tão felizes como se ele nos houvesse criado com muitas almas para zelar por nossa frágil e mísera máquina humana.

Montesquieu, *Elogio da sinceridade*

Ter amigos é uma segunda vida; todo amigo é bom e sábio para seu amigo; entre amigos tudo dá certo. Um homem valerá tanto quanto quiserem os demais, e para que queiram é preciso ganhar-lhes a boca por meio do coração. Não há melhor feitiço do que o bom serviço, e para ganhar amizades o melhor meio é fazê-las. Tudo que temos de bom depende de outrem. Temos de viver ou com amigos, ou com inimigos; procuremos conquistar um amigo por dia, mesmo que não íntimo, que seja afeiçoado a nós, pois alguns desses, passando pelo acerto da escolha, depois se tornarão íntimos.

Gracián, *A arte da prudência*

A amizade nasce quando temos pelo outro uma estima superior à que temos por nós mesmos; quando além disso o amamos, porém menos que a nós mesmos; por fim quando, para propiciar as relações, desejamos chegar a uma certa intimidade, porém sempre evitando prudentemente a verdadeira intimidade e a confusão entre o *eu* e o *tu*.

Nietzsche, *Humano, demasiado humano*

Tão logo percebemos que, em suas atividades e conversas conosco, alguém precisa fazer um esforço para dar-nos atenção, temos então a prova evidente de que ele não nos quer bem ou deixou de querer-nos.

Nietzsche, *Humano, demasiado humano*

Não devemos falar de nossos amigos; pois com as palavras nos afastamos do sentimento da amizade.

Nietzsche, *Humano, demasiado humano*

Não poderíamos conservar por muito tempo os sentimentos que devemos ter por nossos amigos e por nossos benfeitores se nos concedêssemos a liberdade de falar freqüentemente de seus defeitos.

La Rochefoucauld, *Máximas*

Três tipos de amigos são úteis, três tipos de amigos são nefastos. Os úteis: um amigo reto, um amigo fiel, um amigo culto. Os nefastos: um amigo falso, um amigo tíbio, um amigo tagarela.

Confúcio, *Os analectos*

Saber fazer uso dos amigos. Vai nisso grande habilidade: alguns são bons de longe, outros de perto, e o que talvez não seja bom para a conversação o é para a correspondência. A distância purifica certos defeitos que a presença torna intoleráveis. Nos amigos não se deve procurar apenas o prazer mas também a utilidade. O amigo deve ter as três qualidades do bem, ou, como dizem os outros, do ente: ser bom, uno e verdadeiro, porque o amigo é todas as coisas. Bons são poucos, e menos numerosos ainda por não sabermos escolhê-los. Saber conservá-los é mais do que saber fazê-los amigos. Deves procurá-los para perdurarem e, embora no início sejam novos, para te alegrares porque poderão tornar-se velhos. Analisando bem, os melhores são aqueles com quem já comemos muito sal [...]. Não há deserto igual ao de viver sem amigos: a amizade multiplica os bens e divide os males; é o único remédio contra a sorte adversa, um desafogo para a alma.

Gracián, *A arte da prudência*

Não poderemos ir longe na amizade se não estivermos dispostos a perdoar-nos mutuamente os pequenos defeitos.

La Bruyère, *Os caracteres*

Se é vergonhoso tornar-se bajulador procurando agradar, não é menos vergonhoso, para evitar a adulação, entregar-se a uma franqueza imoderada que destrói a confiança e a amizade. Evitemos esses dois excessos, e que a franqueza, como qualquer outra qualidade, encontre sua justa medida.

Plutarco, *Da maneira de distinguir o bajulador do amigo*

Dizem que Pitágoras censurou publicamente um jovem com tanta severidade que de desespero este se enforcou. Depois disso, o filósofo só censurava alguém a sós. Os vícios são doenças vergonhosas cujo tratamento deve ser secreto; em vez de fazê-lo com ostentação, é preciso evitar espectadores e testemunhas. É próprio de pedantes e não de amigos censurar em público com exagero, para valorizar-se por meio dos erros de outrem, como os charlatães que fazem suas operações em pleno teatro para atrair clientes.

Plutarco, *Da maneira de distinguir o bajulador do amigo*

Perdoamos facilmente a nossos amigos os defeitos que não nos dizem respeito.

La Rochefoucauld, *Máximas*

Na amizade, como no amor, freqüentemente somos mais felizes pelas coisas que ignoramos do que pelas coisas que sabemos.

La Rochefoucauld, *Máximas*

As amizades reatadas requerem mais cuidados do que as que nunca foram rompidas.

La Rochefoucauld, *Máximas*

Devemos estar sempre dispostos a desculpar nossos amigos quando seus defeitos houverem nascido com eles e forem menores que suas boas qualidades; freqüentemente temos de evitar demonstrar-lhes que percebemos tais defeitos e que nos chocam, e devemos tentar agir de forma que eles mesmos possam percebê-los, para deixar-lhes o mérito de corrigi-los.

La Rochefoucauld, *Máximas*

Nada agrada tanto a alma quanto uma amizade fiel e terna. Que satisfação encontrar corações a quem possamos sem risco confiar todos os segredos, consciências que temamos menos que à nossa, cujas palavras amenizem nossas preocupações, cujos conselhos iluminem nossas decisões, cuja alegria dissipe nossa tristeza, cuja visão seja uma alegria para nós! Naturalmente as escolheremos tão desprovidas de paixões quanto for possível, pois o vício é contagioso: assim que nos aproximamos ele se propaga, e seu contato é funesto.

Sêneca, *Da vida feliz*

Ter muitos amigos é não ter amigos.

Aristóteles, *Ética a Eudemo*

Devemos evitar ao máximo as índoles tristonhas e lamentosas, que se apossam de todas as oportunidades para queixar-se. Por mais fiel, por mais devotado que possa ser, um companheiro de humor inquieto e que geme por qualquer motivo é inimigo de nossa tranqüilidade.

Sêneca, *Da tranqüilidade da alma*

. 7 .

Saber adaptar-se e ter diplomacia

Muitas vezes somos mais exigentes com os outros do que com nós mesmos; e esse vezo pode levar-nos à intolerância e à solidão. Para quem não aceita os defeitos dos outros, a única solução é separar-se do mundo e viver sozinho. Para os que desejarem viver harmoniosamente na companhia dos outros, aqui estão os oportunos conselhos de Marco Aurélio, Epicteto, Baltasar Gracián, Cristina da Suécia, Confúcio, La Bruyère, Montaigne e Schopenhauer; todos eles convidam-nos à moderação na franqueza, pois não podemos querer ser sinceros em qualquer circunstância e ao mesmo tempo poupar a sensibilidade do outro.

Portanto, um pouco de diplomacia é muito desejável, sem por isso cair no excesso inverso, que é a hipocrisia. Essa deli-

cadeza tão valorizada nos relacionamentos humanos encontra-se resumida neste sábio provérbio árabe: "Quando lançares a flecha da verdade, embebe em mel a ponta."

– Encolerizas-te contra quem cheira a bodum? Enfureces-te contra quem tem mau hálito? Ora, que pretendes que ele faça? Ele tem essa boca, tem essas axilas, e é inevitável que, sendo feito assim, exale tais odores.
– Mas o homem, segundo dizem, possui a razão e pode, se refletir, chegar a compreender quais são seus defeitos.
– Boa resposta! Assim sendo, também tu possuis a razão. Provoca então, por meio de tua disposição racional, a disposição racional dele; faze-o compreender, adverte-o. Se ele ouvir, tu o curarás. Não há a menor necessidade de cólera.

Marco Aurélio, *Pensamentos*

Os homens são feitos uns para os outros; portanto, deves instruí-los ou suportá-los.

Marco Aurélio, *Pensamentos*

Não saber dissimular é não saber viver.

Cristina da Suécia, *Máximas*

Há uma espécie de grosseria e uma certa depravação em dizer: "Prefiro comportar-me francamente contigo." Homem, que estás dizendo? Não se deve começar por afirmar isso. A franqueza declarar-se-á por si mesma. Sua veracidade deve exibir-se em tua fronte; também tua voz deve expressá-la; teus olhos devem mostrá-la prontamente, à semelhança do amado que prontamente conhece, no olhar de seus amantes, os sentimentos que estes experimentam. Numa palavra, o homem reto e honesto deve assemelhar-se ao homem cujas axilas cheiram a bodum, de modo que qualquer um que se aproximar dele sinta de imediato, queira ou não, como ele é.

Marco Aurélio, *Pensamentos*

Sem mentir, não dizer todas as verdades. Nada requer mais circunspecção do que a verdade, que é uma sangria do coração. É preciso tanto tino para saber dizê-la quanto para saber calá-la. [...] Nem todas as verdades podem ser ditas: umas porque importam a mim, outras porque importam ao outro.

Gracián, *A arte da prudência*

Saber jogar com a verdade. Ela é perigosa, mas o homem de bem não pode deixar de dizê-la. Aí então é preciso artifício. Os hábeis médicos da alma inventaram o meio de adoçá-la, pois quando ela toca em desenganos é a quintessência do amargor. Aqui a discrição se vale de sua destreza: com uma mesma verdade lisonjeia um e espanca outro.

Gracián, *A arte da prudência*

Não nos enfureçamos contra os homens ao ver-lhes a dureza, a ingratidão, a injustiça, o orgulho, o amor a si mesmos e a indiferença pelos outros: eles são feitos assim, essa é sua natureza; é como não poder suportar que a pedra caia ou que o fogo se alteie.

La Bruyère, Os caracteres

Quando encontrardes um homem virtuoso, procurai igualá-lo. Quando encontrardes um homem desprovido de virtude, examinai o que vos falta.

Confúcio, Os analectos

Não poder tolerar todas as más índoles de que o mundo está repleto não é de muito boa índole: no comércio são necessárias moedas de ouro e dinheiro miúdo.

La Bruyère, Os caracteres

Saber fazer-se de ignorante. Às vezes o homem mais sábio desempenha esse papel, e há ocasiões em que o melhor saber consiste em mostrar não saber. Não se deve ignorar, e sim fingir que se ignora. Com os néscios pouco importa ser sábio, nem sensato com os loucos. Deve-se falar a cada um em sua linguagem: não é néscio quem afeta nesciedade e sim quem dela padece. A sincera o é, mas não a fingida, pois o artifício chega a esse ponto. O único meio para ser benquisto é vestir a pele do mais simples dos animais.

Gracián, A arte da prudência

Acostumar-se com as más disposições das pessoas próximas, assim como nos acostumamos com rostos feios; é conveniente quando houver dependência. Há temperamentos ferozes com os quais – e sem os quais – não podemos viver. Portanto, é de grande habilidade ir se acostumando com eles, como fazemos com a feiúra, para que não sejam novidade no terror da ocasião. Na primeira vez assustam, mas pouco a pouco vamos perdendo aquele horror inicial por eles, e a reflexão prevê os desprazeres ou os tolera.

Gracián, *A arte da prudência*

Sábio aquele que é santo com os santos, douto com os doutos. É o grande meio de conquistar a todos, pois a semelhança é o laço da benevolência. Observar os espíritos e afinar-se com o de cada um; com o do sério e o do jovial; seguir-lhes a corrente, fazendo transformação política, obrigatória para os que dependem de outrem. Essa grande sutileza no viver requer um grande lastro; é menos dificultosa para o homem universal, engenhoso em conhecimentos e genial em gostos.

Gracián, *A arte da prudência*

Toda coisa tem duas alças: uma pela qual se pode levá-la, a outra pela qual não se pode. Se teu irmão tem defeitos, não o tomes pelo lado em que ele tem defeitos; seria a alça pela qual nada se pode levar. Toma-o antes pelo outro lado, lembrando que ele é teu irmão, que foi alimentado contigo, e tomarás a coisa por onde podes levá-la.

Epicteto, *Manual*

Devemos procurar apenas pensar e falar com justeza, sem querermos converter os outros a nossos gostos e sentimentos; é um empreendimento grande demais.

La Bruyère, *Os caracteres*

Quando queremos viver entre os homens, é preciso deixar cada qual existir e aceitá-lo com a individualidade que lhe coube, qualquer que seja ela... Para aprender a tolerar os homens, convém exercitar a paciência com os objetos inanimados que, em virtude de uma necessidade mecânica ou de qualquer outra necessidade física, contrariarem obstinadamente nossa ação... Aprendemos em seguida a transpor para os homens a paciência assim adquirida e habituamo-nos ao pensamento de que também eles, sempre que são para nós um obstáculo, forçosamente o são em virtude de uma necessidade natural tao rigorosa quanto a que faz agirem os objetos inanimados. Conseqüentemente, é tão insensato indignar-se com a conduta deles quanto com uma pedra que vem rolar-nos aos pés.

Schopenhauer, *Aforismos sobre a sabedoria de vida*

Quando conversamos com alguém, colocamo-nos sempre em seu nível, pois tudo o que tivermos além desaparece, e até mesmo a abnegação de si que esse nivelamento exige permanece totalmente ignorada... Compreenda-se também que em presença de imbecis e de loucos só há um modo de mostrar que somos dotados de razão: não falar com eles.

Schopenhauer, *Aforismos para a sabedoria de vida*

Não considereis com leviandade vossos irmãos mais jovens; quem vos diz que um dia eles não vos igualarão? Porém, se aos quarenta ou cinqüenta anos ainda não tiverem alcançado renome, já não haverá motivo para levá-los a sério.

Confúcio, *Os analectos*

Freqüentemente é mais rápido e mais proveitoso nos quadrarmos aos outros do que fazer os outros ajustarem-se a nós.

La Bruyère, *Os caracteres*

Diplomata é aquele que se lembra do aniversário de uma *lady* mas esquece sua idade.

Provérbio inglês

Não devemos sempre dizer tudo, pois seria tolice; mas o que dissermos deve ser tal como o pensamos; de outra forma é maldade. Não sei que vantagem eles esperam ao estar constantemente fingindo e simulando, a não ser a de não receberem crédito mesmo quando disserem a verdade; isso pode enganar os homens uma vez ou duas; mas fazer profissão de manter-se oculto [...] é alertar os que têm de tratar com eles de que tudo o que dizem não passa de logro e mentira.

Montaigne, *Ensaios*

. 8 .

Como tirar proveito dos inimigos

"Já que é impossível não ter inimigos, é preciso tirar proveito deles", declara Plutarco numa obra dedicada à arte de tirar partido daqueles que nos querem mal. Mas como fazer? A priori, tememos nossos inimigos tanto quanto os detestamos, e por isso geralmente procuramos ao máximo evitá-los. Entretanto, segundo Plutarco, existe um modo de utilizá-los para nosso próprio bem. Sua teoria, baseada na observação dos comportamentos humanos e em sua experiência pessoal, consiste em pensar que, com suas vilanias, nosso inimigo serve-nos para constatarmos nossos próprios defeitos. E, para não lhe dar o prazer de apanhar-nos em erro, tratamos de corrigi-los e de estar acima de qualquer crítica antes mesmo que ele tenha tempo de detectar em nós o menor detalhe falho.

Portanto, poupemos nossos inimigos, pois são úteis para nossa autocrítica!

O fogo queima quando o tocamos, porém proporciona luz e calor, e é um instrumento utilíssimo para muitas coisas, desde que saibamos usá-lo bem. Consideremos da mesma forma o inimigo que é bastante malfazejo e difícil de manejar: não teria ele algum lugar por onde se pudesse tocá-lo e extrair-lhe algum proveito?

Plutarco, *Como tirar proveito de seus inimigos*

Parece-me que o que é mais danoso na inimizade poderá tornar-se o mais proveitoso, para quem quiser dar-lhe atenção. E de que modo? É que teu inimigo cuida continuamente de espreitar todas tuas ações e monta guarda em torno de tua vida, sempre procurando meio de surpreender-te para ter ascendência sobre ti. [...] As doenças, as dívidas, as desuniões conjugais têm mais segredos para os que são afetados do que para seus inimigos. Assim como os abutres são atraídos pela carniça pútrida mas não têm a menor atração pelos corpos sadios e intactos, assim também as partes de nossa vida que são malsãs, más e corrompidas são as que mais interessam nosso inimigo. E é justamente isso que nos traz proveito, por forçar-nos a viver atentos para nada fazermos ou nada dizermos imprudentemente. Reprimindo as violentas paixões de nossa alma, essa precaução gera um hábito e uma vontade de viver de forma honrada e irrepreensível.

Plutarco, *Como tirar proveito de seus inimigos*

Se queres fazer mal a quem te odeia, não o chames de patife, devasso, bufão ou avarento, e sim comporta-te como homem de bem, sê cortês e justo para com esse com quem tens de lidar. E se, por acaso, escapar-te uma injúria contra ele, atenta bem para não te igualares nos vícios que lhe criticas ao insultá-lo. Não te exponhas a que ele te responda com este verso extraído de uma tragédia: "Mesmo todo ulcerado, ele quer curar os outros!"

Plutarco, *Como tirar proveito de seus inimigos*

Depois de te acostumares a suportar as maledicências e as injúrias de teu inimigo, sem reagir, facilmente suportarás a fúria de tua mulher, as palavras amargas de um amigo ou de um irmão. Se ocorrer que pai ou mãe te repreendam, facilmente o suportarás sem te encolerizares.

Plutarco, *Como tirar proveito de seus inimigos*

Não devemos ser avaros em elogios e honras para com nosso inimigo quando ele o merecer, pois isso trará mais mérito a quem o faz. Se, ao contrário, acontecer de o criticarmos, a acusação terá mais peso se for feita sem ódio, mas expressando calmamente a reprovação por seu ato. Porém ainda mais belo e mais proveitoso que isso é que, habituando-nos a elogiar nossos inimigos, a nunca nos amargurarmos ante seu sucesso, escapamos desse vício vil que consiste em invejar o sucesso de nossos amigos. Para dotar nossa alma de uma disposição melhor, haverá no mundo exercício mais adequado do que esse que elimina a perversa emulação que é a inveja?

Plutarco, *Como tirar proveito de seus inimigos*

Saber tirar proveito dos inimigos. Todas as coisas devem ser tomadas não pelo gume, pois feririam, mas pela empunhadura, para que defendam; mais ainda a rivalidade. O homem sábio tira mais proveito de seus inimigos do que o tolo de seus amigos. O malquerer costuma aplanar montanhas de dificuldade que a benevolência não ousaria enfrentar. Muitos devem sua grandeza aos que lhes quiseram mal. A lisonja é mais cruel que o ódio, pois este remedeia eficazmente os defeitos que aquela dissimula. O homem sensato faz da ojeriza dos outros um espelho, mais fiel que o da afeição, e subtrai à maledicência os defeitos, ou corrige-os; pois é grande a cautela quando se vive lado a lado com rivais, com inimigos.

Gracián, *A arte da prudência*

Convém variar a forma de agir; e não sempre do mesmo modo, para desorientar a curiosidade, sobretudo se for rival. E não sempre de primeira intenção, pois perceberão a uniformidade e poderão prever e frustrar tuas ações. É fácil matar no vôo o pássaro que o mantém em linha reta, mas não aquele que o torce. Também nem sempre de segunda intenção, pois na segunda vez captarão tua artimanha. A malícia fica à espreita; é preciso muita sutileza para desnorteá-la. O jogador atilado nunca joga a carta que seu adversário está prevendo, e menos ainda a que este deseja.

Gracián, *A arte da prudência*

Os homens talentosos mas negligentes terão sempre um ar um pouco irritado quando um de seus amigos houver concluído uma obra importante. Sua inveja desperta, e envergonham-se de sua preguiça – ou antes temem que nesse momento o homem ativo os desprezre ainda mais que de hábito. É com essa disposição de espírito que eles criticam a nova obra – e sua crítica transforma-se em vingança, para grande espanto do autor.

Nietzsche, *Humano, demasiado humano*

Quantas pessoas que vos sufocam de carinhos, que vos amam e vos estimam na intimidade envergonham-se de vós em público e, nos aposentos reais ou na missa, evitam vossos olhos e vosso contato! Há apenas um pequeno número de cortesãos que, por grandeza ou pela confiança que têm em si mesmos, ousam prestar honras perante o mundo ao mérito que é sozinho e desprovido de grandes aparatos.

La Bruyère, *Os caracteres*

É próprio do homem sábio tirar proveito de seus inimigos.

Xenofonte

A vingança tranqüila

Se queremos a todo custo vingar-nos de um adversário, devemos esperar até ter em mãos muitas verdades e argumentos que friamente possamos usar contra ele, de tal forma que nos vingarmos equivalerá a fazer justiça. Essa é a mais assustadora espécie de vingança, pois não existe acima dela instância alguma a que recorrer.

Nietzsche, Humano, demasiado humano

Não gostar nem desgostar para sempre. Confia nos teus amigos de hoje como inimigos de amanhã, e dos piores; e, já que isso acontece na realidade, que aconteça na prevenção: não deves dar armas aos desertores da amizade, que fazem com elas a maior guerra. Com os inimigos, ao contrário, deves ter sempre porta aberta para a reconciliação, e que seja a da cortesia; é a mais segura. Algumas vezes a vingança de antes vem atormentar depois, e o prazer sentido em fazer o mal transforma-se arrependimento.

Gracián, A arte da prudência

Existem tantas maneiras sutis de vingar-se que, em suma, quem tivesse motivo para fazê-lo poderia agir como lhe aprouvesse: ao cabo de um certo tempo, todos seriam unânimes em dizer que ele se vingou. Portanto, a passividade que consiste em não vingar-se não depende da boa vontade de um homem: este nem sequer tem de expressar sua decisão de não vingar-se, pois desdenhar da vingança é interpretado e considerado como uma vingança extrema e muito sensível. Disso resulta que não se deve fazer nada supérfluo.

Nietzsche, *Humano, demasiado humano*

. 9 .
A prática da polidez e das regras de boa educação

Em toda sociedade existem códigos, signos, maneiras de falar e de agir que fazem referência a uma cultura e a uma educação comuns a todos. Faltar com as obrigações que essa linguagem codificada impõe pode ter conseqüências sobre a tranqüilidade de nossas relações com os outros. Por isso, conhecendo a importância das regras de civilidade e das fórmulas de polidez que nos identificam e permitem que os outros nos situem na sociedade, é difícil fingir que as ignoramos. Algumas das citações seguintes provocam o riso, pois as obrigações impostas, por exemplo, pela sociedade grega em que Epicteto vivia quase mais nada têm em comum com as nossas de hoje. Mas em outras reflexões constataremos muitas semelhanças com nossas atuais obrigações para com o outro.

Quanto mais distantes forem os sentimentos, mais numerosas serão as cortesias.

Provérbio chinês

Sobre a necessidade de ser polido

Há um certo número de frases feitas que escolhemos como numa loja e que utilizamos para felicitar-nos mutuamente pelos acontecimentos. Embora amiúde sejam ditas sem afeto e recebidas sem gratidão, nem por isso é permitido omiti-las, porque pelo menos são a imagem do que há de melhor no mundo, que é a amizade, e porque os homens, pouco podendo contar uns com os outros para a realidade, parecem ter concordado entre si em contentar-se com as aparências.

La Bruyère, *Os caracteres*

Evitar a excessiva familiaridade no trato. Não se deve praticá-la nem tolerá-la. Quem se nivela perde prontamente a suprioridade que sua contenção lhe dava – e atrás dela o apreço.

Gracián, *A arte da prudência*

Mesmo tendo virtude, capacidade e uma boa conduta, podemos ser insuportáveis. As maneiras, que freqüentemente negligenciamos como coisas miúdas, freqüentemente são o que faz os homens decidirem favorável ou desfavoravelmente sobre nós: um pouco de atenção para tê-las brandas e polidas previne seus maus julgamentos. Não é preciso quase nada para ser considerado orgulhoso, descortês, desdenhoso, desatencioso; menos ainda é preciso para que nos julguem o oposto.

La Bruyère, *Os caracteres*

Não basta a substância, também se requer a circunstância. Maus modos estragam tudo, até mesmo a justiça e a razão. Bons modos suprem tudo; douram a recusa, adoçam a verdade e embelezam até a velhice. O *como* tem grande participação nas coisas [...]. Belas maneiras são a gala da vida, têm papel especial em todo bom final.

Gracián, *A arte da prudência*

É papel do tolo ser importuno: um homem inteligente sente se está agradando ou entediando; sabe desaparecer no momento que precede aquele em que estaria sobrando ali.

La Bruyère, *Os caracteres*

Muitas vezes a impolidez é indício de uma modéstia desajeitada, que se desestabiliza quando é surpreendida e então procura esconder na grosseria sua perturbação.

Nietzsche, *Humano, demasiado humano*

A polidez é para o espírito o que a graciosidade é para o rosto.

Voltaire, *Estâncias*

Há um ar que convém à figura e às aptidões de cada pessoa; sempre o perdemos quando o deixamos para assumir um outro. Precisamos conhecer aquele que nos é natural, não sair dele e aperfeiçoá-lo o quanto nos for possível.

La Rochefoucauld, *Máximas*

Não se fala de todas as coisas no mesmo tom e com as mesmas maneiras; não se caminha à frente de um regimento como se caminha num passeio. Mas é preciso que um mesmo ar faça dizer com naturalidade coisas diferentes, e faça caminhar diferentemente mas sempre com naturalidade, como convém caminhar à frente de um regimento e num passeio.

La Rochefoucauld, *Máximas*

É preciso observar que nem toda espécie de conversação, por honesta e espirituosa que seja, é igualmente adequada a toda espécie de pessoas de bem; deve-se escolher o que convém a cada uma, e escolher inclusive a hora de falar; mas, se há muita arte em falar, não há menos em calar-se. Há um silêncio que é eloqüente: serve tanto para aprovar como para condenar; há um silêncio zombeteiro; há um silêncio respeitoso; há ares, trejeitos e maneiras que freqüentemente constituem o que há de agradável ou desagradável, de delicado ou chocante na conversação. Poucas pessoas conhecem o segredo de utilizá-la bem; mesmo as que lhe estabelecem regras enganam-se às vezes. A regra mais segura, em minha opinião, é não ter uma que não se possa mudar, mostrar no que se diz antes simplicidade que afetação, escutar, quase não falar e nunca forçar-se a falar.

La Rochefoucauld, Máximas

Uma outra espécie de inquietude que não é insignificante provém do cuidado em disfarçar-nos e nunca nos revelarmos como somos: é o caso de muitas pessoas cuja vida não passa de hipocrisia e comédia. Que tormento é essa constante vigilância de si mesmo, esse medo de ser surpreendido num papel diferente do que se desempenha! E essa preocupação não nos abandona desde o instante em que imaginamos que nos estão julgando a cada olhar que nos lançam; pois mil peripécias podem ocorrer para desmascarar-nos à nossa revelia. E, mesmo que ficássemos sempre em guarda, que prazer, que segurança poderia oferecer uma existência toda passada atrás de uma máscara?

Sêneca, Da tranqüilidade da alma

Nunca vos reprovarão por serdes polido demais.

Provérbio chinês

Se é uma grande ciência de vida saber recusar, maior será saber recusar-se a si mesmo, aos negócios, às pessoas. Há ocupações importunas que corroem o precioso tempo, e ocupar-se com despropósitos é pior do que nada fazer. Para seres homem prudente, não basta não te enredares; também é preciso cuidar que não te enredem. Não deves ser tão de todos que já não sejas de ti. Também dos amigos não deves abusar, nem querer deles mais do que concederiam. Tudo que é excessivo é vicioso, principalmente no trato. Com essa moderação sensata conservarás melhor o agrado e a estima de todos, porque não feres a preciosíssima decência. Portanto, deves ter liberdade de ânimo, ser apaixonado pelo seleto e nunca pecar contra a fé do teu bom gosto.

Gracián, *A arte da prudência*

Algumas regras de polidez para preservar a tranqüilidade pessoal

• Sê quase sempre silencioso. Dize apenas o que for necessário, e em poucas palavras. Se ocorrer, raramente porém, de apresentar-se a oportunidade de falar, fala, mas que não seja sobre as primeiras coisas que surgirem. [...]

• Não rias muito, nem de muitas coisas, nem desenfreadamente. [...]

• Recusa os convites para comer com pessoas vulgares. Se a ocasião exigi-lo, concentra a atenção em nunca te rebaixares a maneiras grosseiras. Com efeito, deves saber que, se teu vizinho se sujar, não poderás roçar nele sem forçosamente te sujares, por mais asseado que sejas pessoalmente. [...]

• Se vierem dizer-te que alguém falou mal de ti, não te justifiques sobre o que te relatam, e sim responde: "Para falar apenas desses defeitos que conhece, é preciso que ele ignore todos os outros que tenho."

• Se tiveres de ir à casa de um homem poderoso, imagina que não o encontrarás em casa, que não te abrirão a porta, que as portas voltarão a fechar-se ruidosamente sobre ti, que ele não te dará a menor atenção. E se, depois disso, tiveres o dever de ir, vai e suporta o que tiver de acontecer; e nunca digas contigo mesmo: "Não valia a pena." Essa é reflexão de um homem vulgar e que clama contra as coisas externas.

• Nas conversas, evita lembrar com freqüência e sem moderação tuas ações e os riscos que correste. Se para ti é agradável recordar os perigos que atravessaste, para outrem não é igualmente agradável ouvir-te contar o que te sucedeu.

• Tampouco procures ser engraçado. Essa é uma forma de escorregar para a vulgaridade e, ao mesmo tempo, um meio eficiente de afrouxar o respeito que teus vizinhos têm por ti.

• Também é perigoso entregares-te a conversas obscenas. Quando suceder algo semelhante, se a oportunidade for boa, censura aquele que se permite fazê-lo. Se não for boa, demonstra abertamente, por teu silêncio, teu enrubescimento, teu ar compungido, que tais assuntos te desagradam.

Epicteto, *Manual*

Um homem de bem não deve ocupar um tempo considerável nem com a alimentação nem com os cuidados corporais; quinze minutos por dia bastam para isso. Para o repouso, três vezes mais, às vezes menos, dependendo da compleição e dos negócios.

Cristina da Suécia, *Máximas*

Que o convívio seja elevado, procurando a sublimidade. O grande homem não deve ser miúdo no proceder. Nunca deve esmiuçar demais as coisas, e menos ainda as desagradáveis, pois, embora seja útil tudo observar de passagem, querer averiguar tudo a fundo não o é. Deve-se proceder habitualmente com uma abrangência fidalga, que faz parte da cortesia. Dissimular é grande parte do governar. Convém deixar passar muitas coisas, entre familiares, entre amigos e mais ainda entre inimigos. Tudo que sobeja é enfadonho, e no temperamento é molesto. Repisar o que desagrada é uma espécie de mania, e geralmente o comportamento de cada um é tal como forem seu coração e sua capacidade.

Gracián, *A arte da prudência*

Há falar bem, falar com facilidade, falar com justeza, falar oportunamente; é pecar contra este último gênero alongar-vos sobre uma refeição magnífica que acabais de fazer, diante de pessoas que se acham reduzidas a economizar seu pão; dizerdes maravilhas de vossa saúde diante de enfermos; entreterdes com vossas riquezas, rendimentos e alfaias um homem que não tem rendas nem domicílio; numa palavra, falardes de vossa felicidade diante de miseráveis: essa conversa é forte demais para eles, e a comparação que então fazem entre seu próprio estado e o vosso é odiosa.

La Bruyère, *Os caracteres*

As coisas maiores precisam apenas ser ditas simplesmente: estragam-se com a ênfase. É preciso dizer nobremente as menores: elas só se sustentam pela expressão, pelo tom e pela maneira.

La Bruyère, *Os caracteres*

É magnanimidade suportar com calma a falta de tato.

Demócrito, *Fragmentos*

Em companhia de um fidalgo, devem-se evitar três erros: falar sem ser convidado, o que é uma impertinência; não falar quando se é convidado, o que é dissimulação; falar sem observar as reações do outro, o que é cegueira.

Confúcio, *Os analectos*

Nos banquetes ou nas festas que oferecemos aos outros, nos presentes que lhes damos e em todos os prazeres que lhes proporcionamos, há o fazer bem e o fazer de acordo com nosso próprio gosto; o último é preferível.

La Bruyère, *Os caracteres*

Enquanto vossos pais forem vivos, não empreendais viagens longas. Ou, se viajardes, devereis deixar um endereço.

Confúcio, *Os analectos*

. 10 .

A arte de conversar sem se expor demais

O diálogo é a base de todo relacionamento humano. É um momento privilegiado durante o qual podem decidir-se vidas; é uma troca, um face-a-face que diz muito sobre os dois protagonistas: eles aprendem a conhecer-se, descobrem pontos em comum, unem-se de amizade; ou então brigam, traem um segredo, mentem afrontosamente, decidem não mais se ver. A cada uma dessas situações corresponde um tom adequado. Neste capítulo os autores passam a pente fino quatro aspectos do diálogo: ter razão, tagarelar, saber calar-se, mentiras e segredos.

Schopenhauer dá início ao tema, com seu tratado sobre a arte de ter sempre razão. Apresenta nele uma lista de estratagemas, nos quais chega a incentivar a má-fé ao dizer, basicamente, que o essencial é nunca perder a compostura diante do "adversário". Com relação à tagarelice, Plutarco previne contra as conseqüências da verborréia e intima seus discípulos a conterem a língua em qualquer circunstância. Saber calar-se é um assunto de preocupação geral entre os filósofos, que em coro recomendam o silêncio como remédio para muitos males. Para encerrar, uma lista de punições a serem infligidas aos mentirosos e aos que não sabem guardar segredo.

1. Ter razão

Se admitimos para uma mulher que ela tem razão, esta não consegue impedir-se de ainda calcar aos pés triunfalmente a nuca de quem reconheceu seu erro; precisa desfrutar a vitória até o fim. Entre homens, ao contrário, num caso semelhante, geralmente nos envergonhamos de estar com a razão.

Nietzsche, *Humano, demasiado humano*

Mesmo quando o argumento do adversário parece correto e concludente, devemos atacá-lo, seguros de que sua justeza é apenas aparente e de que no decorrer da controvérsia encontraremos um argumento que virá derrubá-lo ou confirmar de uma forma ou de outra nossa verdade. Assim, durante a controvérsia, somos praticamente obrigados a ser desonestos, ou pelo menos ficamos levemente tentados a sê-lo. [...] Disso resulta que, via de regra, quem debate não se bate pela verdade e sim por sua tese. [...] Portanto, geralmente cada qual procurará fazer triunfar sua asserção, mesmo que naquele momento ela lhe pareça errônea ou duvidosa.

Schopenhauer, *A arte de ter razão*

Freqüentemente acontece que, embora tenhamos razão, deixamo-nos confundir ou refutar por um argumento especioso, ou o inverso; e muito freqüentemente aquele que sai vencedor do debate deve a vitória não tanto à justeza de seu julgamento ao defender sua tese quanto à astúcia e habilidade com que a defendeu.

Schopenhauer, *A arte de ter razão*

Três estratagemas de Schopenhauer para impormos nosso ponto de vista

Se contamos chegar a uma conclusão, não devemos deixar que a prevejam, e sim obter despercebidamente a aprovação de suas premissas, mesclando-as habilmente à conversa, para que o adversário não possa tentar toda espécie de manobras.

Quando o interlocutor responder a várias questões sem que suas respostas venham em proveito da conclusão a que queremos chegar, um expediente audacioso consistirá em pretender que a dedução que queríamos tornar aceita com essa controvérsia (mas que absolutamente não foi o resultado desta) não deixou de ser demonstrada, e proclamar isso triunfalmente. Se o adversário for medroso ou tolo e nós próprios formos muito audaciosos e dotados de boa voz, teremos grandes possibilidades de sucesso.

Se o adversário intimar-nos expressamente a replicar a um ponto qualquer de sua argumentação e sobre esse ponto não tivermos réplica, deveremos lançar-nos num debate geral e desafiá-lo sobre esses mesmos argumentos gerais.

Schopenhauer, A arte de ter razão

A arte da controvérsia

Na busca conjunta de argumentos, aquele que é vencido ganha mais, na proporção do que acaba de aprender.

Epicuro, Sentenças vaticanas

Sem princípios em comum não vale a pena discutir.

Confúcio, Os analectos

Todo tolo é teimoso e todo teimoso é tolo; e, quanto mais errônea a convicção, maior será a obstinação. Mesmo em caso de evidência, é coisa honesta ceder, pois então ninguém ignora quem teve razão, e reconhecem a cortesia que tem. Mais se perde com a defesa obstinada do que se pode ganhar por vencer à viva força: isso é defender não a verdade mas sim a grosseria. Há cabeças de ferro, extrema e irremediavelmente difíceis de convencer; e quando o capricho se junta à teimosia, casam-se indissoluvelmente com a tolice. A inflexibilidade deve estar na vontade, não no julgamento – embora haja casos de exceção, em que não se deve perder e ser vencido duas vezes: uma na convicção, outra na execução.

Gracián, *A arte da prudência*

Deixar contradizer sem dizer. Deves distinguir quando o contradizer procede de astúcia ou de vulgaridade. Nem sempre é obstinação: às vezes é artifício. Atenção pois para não te enredares na astúcia nem despencares na vulgaridade. Não há cuidado mais proveitoso do que contra espias, e contra a gazua das almas não há melhor contra-ataque do que deixar por dentro a chave do resguardo.

Gracián, *A arte da prudência*

2. *A medida certa da tagarelice*

Quem fala muito é freqüentemente reduzido ao silêncio.

Lao-tsé, *Tao te ching*

Na maneira de te explicares deves evitar a franqueza excessiva, assim como no trato não deves franquear teu íntimo a todos. O silêncio recatado é o santuário da sensatez. A resolução declarada nunca é valorizada; ao contrário, ela te expõe à censura e, se malograres, serás duplamente infeliz.

Gracián, *A arte da prudência*

Entre as doenças da alma, umas são perigosas, outras odiosas e ainda outras sujeitas a zombaria; mas todas essas palavras juntas servem para os tagarelas: são odiados porque sempre trazem más notícias, estão em perigo porque não conseguem calar seus próprios segredos.

Plutarco, *A tagarelice*

Se dizemos tudo isso, não é apenas para condenar o vício de falar demais, mas também para curá-lo. Superamos os vícios e as paixões da alma pelo discernimento de que somos capazes de dar provas. Mas para extirpar da alma os vícios é preciso sentir ódio por eles; e começamos a odiá-los quando sentimos a vergonha e o dano que causam. Assim também sabemos agora que os verbosos, que querem fazer-se amar por sua tagarelice, acabam, ao contrário, por atrair o ódio dos outros. Suas brincadeiras desagradam, e em vez de ser estimados são ridicularizados. Prejudicam seus amigos, auxiliam os inimigos e arruínam a si mesmos. Por isso, a primeira receita para corrigir esse vício consiste em ponderar os inconvenientes e as desgraças que decorrem da tagarelice. A segunda é conter-se para não falar, saber escutar e ter sempre em mente a imagem majestosa do silêncio. Nunca devemos esquecer o quanto apreciamos e valorizamos aqueles que falam pouco e oportunamente e que em poucas palavras abarcam muita substância, ao contrário dos grandes faladores que papagueiam à língua solta.

Plutarco, *A tagarelice*

Nas conversas falamos impetuosamente, amiúde por vaidade ou por humor, raramente com atenção bastante: muito ocupados com o desejo de responder àquilo que não escutamos, seguimos nossas idéias e as explicamos, sem a menor consideração pelos argumentos do outro; estamos muito longe de encontrar juntos a verdade, e ademais não concordamos quanto à que estamos buscando. Quem pudesse ouvir todas essas espécies de conversas e transcrevê-las mostraria às vezes algumas coisas boas que não têm seqüência alguma.

La Bruyère, *Os caracteres*

O que faz tão poucas pessoas serem agradáveis na conversação é que cada qual pensa mais no que deseja dizer do que naquilo que os outros estão dizendo. Precisamos ouvir os que estiverem falando, se quisermos ser ouvidos por eles; precisamos dar-lhes a liberdade de fazer-se ouvir, e mesmo de dizer coisas inúteis. Em vez de contradizê-los ou interrompê-los, como fazemos amiúde, devemos, ao contrário, entrar em suas mentes e em seus gostos, mostrar que os entendemos, falar-lhes do que os afeta, ou elogiar o que disserem tanto quanto mereça ser elogiado e mostrar que é mais por opção do que por complacência que o elogiamos. É preciso não contestar sobre coisas indiferentes, raramente fazer perguntas inúteis, nunca levar a crer que pretendemos ter mais razão que os outros, ceder facilmente a prerrogativa de decidir.

La Rochefoucauld, *Máximas*

Nunca devemos falar com ares de autoridade nem servir-nos de palavras e termos maiores do que as coisas. Podemos manter nossas opiniões, se forem razoáveis; mas, ao mantê-las, nunca devemos ferir os sentimentos dos outros nem parecer chocados com o que disseram. É perigoso querer ser sempre o dono da conversa e falar com excessiva freqüência sobre uma mesma coisa; devemos entrar indiferentemente em todos os assuntos agradáveis que surgem e nunca mostrar que desejamos conduzir a conversa para aquilo que temos vontade de dizer.

La Rochefoucauld, *Máximas*

Que o convívio amigável seja escola de erudição e que a conversação seja ensinamento culto; dos amigos devemos fazer mestres, temperando com a utilidade do aprender o prazer do conversar. Entre as pessoas de espírito, a fruição é recíproca: quem fala é recompensado com o aplauso com que o recebem, e quem ouve, com o ensinamento. Nosso interesse pessoal leva-nos até o outro.

Gracián, *A arte da prudência*

3. Saber calar-se

Nunca palavra dita trouxe tanto proveito quanto muitas outras caladas. Pois sempre podemos dizer aquilo que havíamos calado, porém já não podemos recolher o que dissemos e que já se espalhou por toda parte.

Plutarco, *A tagarelice*

Raramente nos arrependemos de falar pouco, e muito freqüentemente de falar demais: máxima desgastada e trivial que todo o mundo conhece e que todo o mundo não pratica.

La Bruyère, *Os caracteres*

O silêncio é o remédio para todos os males.

Talmude

Em boca fechada não entra mosca.

Provérbio árabe

Contradizer e tagarelar sem descanso é mostrar-se naturalmente incapaz de aprender o que é preciso.

Demócrito, *Fragmentos*

A língua é uma fera que, uma vez solta, dificilmente se consegue acorrentar de novo. É o pulso da alma, pelo qual os sábios conhecem a disposição desta; é onde as pessoas atiladas apalpam o movimento do coração.

Gracián, *A arte da prudência*

As oportunidades para calar-se e para falar apresentam-se em igual quantidade; mas freqüentemente preferimos a satisfação efêmera que as últimas proporcionam, em vez do proveito duradouro que obtemos das primeiras.

Schopenhauer, *Aforismos para a sabedoria de vida*

4. Segredos e mentiras

Quando suspeitais que alguém está mentindo, deveis simular credulidade; então ele se torna desavergonhado, mente mais, é desmascarado. Se, ao contrário, observais que ele deixa escapar parte de uma verdade que gostaria de dissimular, fazei-vos de incrédulo, para que, provocado pela contradição, ele ponha à mostra toda a reserva, e então a verdade aparecerá por inteiro.

Schopenhauer, *Aforismos sobre a sabedoria de vida*

Os mentirosos ganham apenas uma coisa: não recebem crédito nem mesmo quando dizem a verdade.

Esopo, *Fábulas*

Mesmo que as pessoas não tenham interesse no que dizem, não se deve concluir que não estejam mentindo; pois há pessoas que mentem simplesmente por mentir.

Pascal, *Pensamentos*

Consideremos como segredos todos nossos assuntos pessoais; para além daquilo que nossos conhecidos vêem com os próprios olhos, devemos permanecer-lhes totalmente desconhecidos. Pois o que eles ficarem sabendo a respeito das coisas mais inocentes pode, no mesmo momento e lugar, ser-nos funesto. De qualquer modo, mais vale manifestarmos nossa razão por meio de tudo o que calarmos do que por aquilo que dissermos.

Schopenhauer, *Aforismos para a sabedoria de vida*

Pessoas prometem-vos guardar segredo e o revelam pessoalmente, e à sua revelia: não movem os lábios, e ouvimo-los; lemos em sua fronte e em seus olhos, enxergamos através de seu peito; são transparentes. Outros não dizem exatamente algo que lhes foi confiado, mas falam e agem de tal modo que o descobrimos por nós mesmos. Por fim, alguns menosprezam vosso segredo [...] e contam-no. Toda revelação de um segredo é culpa de quem o confiou.

La Bruyère, *Os caracteres*

A curiosidade anda de par com a tagarelice. Os tagarelas gostam de escutar tudo que se diz, para por sua vez poderem contar muitas coisas, inclusive as mais secretas. Eis por que eles vão a toda parte, xereteando à direita e à esquerda, sempre à espreita de algum segredo bem oculto que possa alimentar sua parolagem. São como crianças pequenas que não querem largar o pedaço de gelo que têm na mão e ao mesmo tempo não conseguem segurá-lo. Ou, melhor dizendo, escondem os segredos no seio e os abraçam como a serpentes que dificilmente conseguiriam reter. Longe de permanecer-lhes na boca, os segredos devoram-lhes a língua. Diz-se, sobre as enguias do mar e sobre as víboras, que elas explodem ao parir; assim também os segredos, ao sair da boca dos que não conseguem guardá-los, põem a perder e arruínam os que os revelaram.

Plutarco, *A tagarelice*

Como ousarás censurar e repreender francamente alguém que não houver guardado o segredo que lhe confiaste? Pois, se este não devia ser divulgado, por que tu mesmo o revelaste? Se, traindo pessoalmente teu segredo, queres confiá-lo a alguém além de ti, isso significa que tens mais confiança em outrem do que em ti mesmo. E, se esse outro for igual a ti, estarás merecidamente perdido; se for melhor, contra toda expectativa escaparás da revelação de teu segredo, pois estarás tratando com alguém mais leal que tu mesmo.

Plutarco, *A tagarelice*

Às vezes nossos conhecidos mais recentes são os primeiros a saber do que havíamos guardado em segredo por longo tempo; acreditamos erroneamente que essa prova de confiança que lhes damos é o laço mais forte com que podemos prendê-los a nós. Mas não lhes dissemos o suficiente para que percebam o alcance do sacrifício que lhes fazemos com nossas confidências, e divulgam nosso segredo sem pensar na traição – o que talvez nos leve a perder amigos muito mais antigos.

Nietzsche, *Humano, demasiado humano*

Se quereis que guardem vosso segredo, o mais seguro é guardá-lo vós mesmo.

Sêneca, *Da tranqüilidade da alma*

Contas teu segredo a teu amigo, mas teu amigo também tem um amigo.

Provérbio turco

. 11 .
A opinião alheia:
encará-la com tranqüilidade

É inevitável que um dia nos confrontemos com a opinião que os outros têm de nós. Ora dolorosas, ora férteis em ensinamentos sobre nossa pessoa e sobre a maneira como somos vistos, as críticas quase sempre têm um fundo de verdade. Seria vaidade absoluta acreditarmo-nos isentos de defeitos. Assim sendo, por que não aceitar o julgamento de outra pessoa sobre nosso comportamento, por que rejeitar sistematicamente conselhos ou observações que nos chegam oportunamente? Devemos render-nos à evidência.

Quando vêm de indivíduos que nos querem bem, quase sempre podemos tirar proveito das críticas que nos fazem. Quando, ao contrário, não passam de mexericos e de maldades gratuitas que se quer espalhar a nosso respeito, não devemos sequer deixá-las entrar em nosso ouvido.

Se todos os homens soubessem o que dizem uns dos outros, não haveria quatro amigos no mundo.

Pascal, *Pensamentos*

Conquistar a admiração geral é muito, porém mais ainda a afeição. Tem algo de boa estrela, porém mais de operosidade; começa com aquela e prossegue com esta. Não basta a excelência de méritos, embora se suponha que é fácil conquistar a afeição conquistando o apreço. Para se ter o bem-querer é preciso o bem-fazer: fazer o bem a mancheias, boas palavras e melhores obras, amar para ser amado.

Gracián, *A arte da prudência*

Falam-me tanto mal deste homem, e vejo tão pouco disso, que começo a suspeitar que ele apenas tem um mérito que obscurece o dos outros.

La Bruyère, *Os caracteres*

Não é uma desgraça ser mal conhecido pelos homens, mas é uma desgraça conhecê-los mal.

Confúcio, *Os analectos*

É monstruoso perceber que as pessoas dizem nas vossas costas coisas que são absoluta e totalmente verídicas.

Wilde, *Aforismos*

Ter muito espírito preserva a juventude; mas isso implica em termos de tolerar que nos julguem mais velhos do que somos. Pois os homens lêem as marcas gravadas pelo espírito como se fossem marcas de experiência de vida, isto é, de que já sofremos e vivemos muito e mal, de que já nos extraviamos antes de retomar o caminho certo. Portanto, quando temos muito espírito e o demonstramos, perante os outros passamos por mais velhos, mas também por piores do que somos.

Nietzsche, *Humano, demasiado humano*

Se os insetos picam, não é por maldade e sim porque também eles desejam viver. O mesmo acontece com os críticos: querem nosso sangue, não nossa dor.

Nietzsche, *Humano, demasiado humano*

Quando somos mal compreendidos no todo, é impossível afastar um mal-entendido de detalhe. É preciso observar bem isso, para não dispendermos uma energia supérflua defendendo-nos.

Nietzsche, *Humano, demasiado humano*

Quando um homem te prejudica ou fala mal de ti, lembra-te de que ele julga seu dever agir ou falar assim. Portanto é impossível que ele siga teu sentimento, e só pode seguir o dele, de modo que, se estiver julgando mal, só prejudica a si mesmo e é o único a viver no erro.

Da mesma forma, quando alguém considera falsa uma proposição que é verdadeira, não é a proposição que sofre com isso, e sim aquele que se enganou. Parte desses princípios e tolerarás facilmente quem te injuria.

Epicteto, *Manual*

Quando te criticarem ou te odiarem, ou quando homens manifestarem contra ti sentimentos assim, volta-te para as almas deles, penetra no interior e olha o que eles são. Verás que não precisas atormentar-te para levá-los a ter qualquer opinião sobre ti. Deves porém ser benevolente com eles, pois, por natureza, são amigos.

Marco Aurélio, *Pensamentos*

Muitas vezes admirei-me de que cada homem, amando a si mesmo de preferência a todos, no entanto se preocupe menos com a opinião que tem de si do que com a que os outros têm sobre ele. Isso é tão verdadeiro que, se um deus lhe exigisse ou um preceptor sábio lhe ordenasse não pensar coisa alguma, e não pensar coisa alguma sem prontamente expressá-la em voz alta, ele não poderia, nem sequer um só dia, resignar-se a isso. Assim, apreendemos mais a opinião de nossos vizinhos sobre nós do que a nossa própria.

Marco Aurélio, *Pensamentos*

Não ter fama de má língua e muito menos ser famoso por mal-afamar. Não sejas engenhoso às custas de outrem, o que é ainda mais odioso do que difícil. Todos se vingam do maledicente falando mal dele; e como este está só e os outros são muitos, mais depressa será vencido do que os outros serão convencidos. O mal nunca há de contentar, porém, nem ser comentado. O maledicente é odiado para sempre; e, se às vezes grandes personagens conversam com ele, é mais pelo prazer de ouvir seus motejos do que por apreço à sua sensatez. Quem fala mal sempre ouve pior.

Gracián, *A arte da prudência*

Aqueles que, sem nos conhecerem suficientemente, pensam mal de nós, não nos prejudicam: não é a nós que atacam, é ao fantasma de sua imaginação.

La Bruyère, *Os caracteres*

O contrário dos rumores que correm sobre os casos ou sobre as pessoas freqüentemente é a verdade.

La Bruyère, *Os caracteres*

Não devemos desdenhar as censuras, mesmo que não tenham fundamento. Portanto, se falarem mal de ti, não deves, apesar da falsidade da afirmação, desdenhá-la ou negligenciá-la. Ao contrário, examina em tuas palavras, em tua conduta, em tuas atividades prediletas, em tuas relações, tudo o que pode ter servido de pretexto para a calúnia; depois evita-a e foge!

Plutarco, *Como tirar proveito de seus inimigos*

. 12 .

O homem e o trabalho

Não importa como seja chamado – labuta, batalha, luta, batente, trampo, dureza –, o trabalho é indispensável para o homem. Não apenas porque lhe permite ganhar a vida mas também porque o afasta da ociosidade, "mãe de todos os vícios". Reconhecemos ainda mais o aspecto crucial dessa atividade em período de grande desemprego, particularmente comum e cruel em nossos dias. De fato, é um sentimento perfeitamente normal não suportar ficar andando em círculos, sem ter, para ocupar a mente e as mãos, uma tarefa, uma função que nos situe e nos valorize na sociedade, perante nossos irmãos humanos. Por isso é preciso parar de imaginar o trabalho como uma corvéia e mesmo um sofrimento, oposto ao bem-estar que nos proporcionam os lazeres e as férias. Essas imagens estereotipadas certamente provêm da etimologia da palavra: ela deri-

va do latim tripalium *e designa, literalmente, um instrumento de tortura com três estacas. O trabalho está na natureza do homem. Se não, o que nos distinguiria dos animais? Devemos todos os dias estar convictos da pertinência e da utilidade de nosso trabalho, para não termos de passar pela dolorosa experiência de quem tanto suspira por ele – por havê-lo perdido.*

Persuadido como estou de que os que escolhemos para diferentes empregos, cada qual segundo sua aptidão e sua profissão, atuam bem, arrisco-me a dizer que pode ser que haja no mundo muitas pessoas, conhecidas ou desconhecidas, que atuariam muito bem; e sou induzido a esse sentimento pelo maravilhoso sucesso de certas pessoas às quais unicamente o acaso deu colocação, e de quem até então não se haviam esperado coisas muito grandes.

La Bruyère, *Os caracteres*

Não vos preocupeis de estar sem emprego; preocupai-vos antes em ser digno de um emprego. Não vos preocupeis por não serdes notado; antes procurai fazer algo notável.

Confúcio, *Os analectos*

Creio que posso dizer, sobre um posto eminente e difícil, que mais facilmente ascendemos a ele do que o conservamos.

La Bruyère, *Os caracteres*

O trabalho do corpo livra dos sofrimentos do espírito e é o que torna felizes os pobres.

La Rochefoucauld, *Máximas*

Todos os trabalhos proporcionam mais satisfação do que o repouso, quando atingimos o objetivo de nossos esforços ou quando sabemos que o atingiremos. Mas o sofrimento que acompanha nossas decepções torna o trabalho simultaneamente difícil e aflitivo.

Demócrito, *Fragmentos*

É mais fácil parecer digno dos empregos que não temos do que daqueles que exercemos.

La Rochefoucauld, *Máximas*

O homem ocioso [*não confundir com o desempregado*] é nocivo para seus amigos; pois, não tendo pessoalmente afazeres suficientes, fala do que seus amigos fazem e não fazem, intromete-se nos assuntos dos outros e torna-se importuno.

Nietzsche, *Humano, demasiado humano*

Devemos avaliar a natureza exata de nossos empreendimentos e considerar nossas forças em função das tarefas que nos propomos efetuar. Precisamos ter sempre dentro de nós mais recursos do que os exigidos pela tarefa a cumprir, pois quebraríamos o lombo carregando cargas acima de nossas forças.

Por outro lado, certos empreendimentos sem grande importância podem revelar-se repletos de múltiplas complicações; desconfiemos também dos que resultarão num problema novo e complexo. Também não devemos aventurar-nos num negócio do qual não teremos liberdade de nos desobrigarmos: dediquemo-nos aos que podemos levar a cabo ou pelo menos ter esperança disso; evitemos os que não podemos levar a cabo ou pelo menos ter esperança disso; evitemos aqueles cujo final nunca pode ser previsto e que não acabam onde prevíamos.

Sêneca, *A cólera*

O trabalho afasta três grandes males de nós: o tédio, o vício e a necessidade.

Voltaire, *Cândido*

O homem nasceu para trabalhar, assim como o pássaro para voar.

François Rabelais, *Quarto livro*

Quem não dá um ofício a seu filho dá-lhe o ofício de ladrão.

Talmude

Nada é tão insuportável para o homem quanto estar num repouso completo, sem paixões, sem afazer, sem divertimento, sem aplicação. Ele sente então sua nulidade, seu abandono, sua incompetência, sua dependência, sua impotência, seu vazio. Prontamente irá buscar no fundo da alma o tédio, a escuridão, a tristeza, a mágoa, a irritação, o desespero.

Pascal, *Pensamentos*

. Notas biográficas .

Aristóteles

Aristóteles nasceu em 384 a.C. em Estagira, na Macedônia, e estudou em Atenas, na Academia. Em 365 conheceu Platão e acompanhou seus ensinamentos até a morte do mestre, em 348. Durante três anos foi preceptor de Alexandre o Grande, da Macedônia. Acusado de impiedade, fugiu de Atenas e foi viver na ilha de Eubéia, onde morreu na solidão, em 322 a.C. Principais obras: *Tópicos, Das idéias, História dos animais, Física*.

Balzac

Honoré de Balzac nasceu em 1799, em Tours, na França. Em 1836 criou a revista *La Chronique de Paris* e em 1840 a *La Revue Parisienne,* dois grandes fracassos. Sua grande obra, *La comédie humamaine*, foi escrita entre 1829 e 1842. Morreu em 1850, aos 51 anos, menos de seis meses depois de casar-se com Eve Hanska.

Confúcio

Nascido provavelmente em 551 a.C., na China. Chamava-se originalmente mestre Kung, ou Kung Fuzi. Descendente de uma nobreza empobrecida, Confúcio desejava sanar a decadência política em que estava mergulhado seu país. Morreu por volta de 479, deixando muitos seguidores e ensinamentos, coletados por seus discípulos, depois pelos discípulos destes, e transmitidos em seu nome até hoje.

Cristina da Suécia

A herdeira do rei Gustavo II Adolfo ao trono da Suécia nasceu em 1626. Com a idade de seis anos foi proclamada "rei", e abdicou em 1654. Foi para Roma, onde lutou por mais liberdade para as mulheres italianas, lançou e financiou pesquisas arqueológicas, fundou academias literárias. Escreveu suas *Máximas*, como admiradora incondicional de La Rochefoucauld. Morreu em 1689, depois de redigir sua autobiografia, intitulada *A vida da rainha Cristina feita por ela mesma – dedicada a Deus.*

Demócrito

Nasceu em Abdera (Trácia) por volta de 460 a.C. É tido como o primeiro pensador racionalista. Considerava o ser como sendo composto por uma infinidade de átomos indivisíveis e em perpétuo movimento. Segundo ele, a felicidade baseia-se na satisfação com o que se tem, e não na busca perpétua do que se poderia ter. Morreu por volta de 370 a.C.

Diógenes Laércio

Escritor grego que provavelmente viveu na primeira metade do século III d.C.; quase nada se sabe sobre sua vida. Resta-nos sua grande obra *A vida dos filósofos (Vidas, doutrinas e sentenças dos filósofos ilustres)*, que aborda a vida e a obra de oitenta e dois pensadores gregos, de

Tales a Epicuro. Graças a esse livro hoje dispomos, por exemplo, das *Máximas* e das *Cartas* de Epicuro.

Epicteto

Nasceu na Frígia por volta de 50 d.C.; era escravo devotado de um senhor duro e cruel. Depois de liberto, passou a ensinar filosofia. Seu método consistia em criar diálogos com o auditório, para tornar mais vivas suas idéias. Ele não escreveu nada. Das *Conversações*, relatadas por um de seus discípulos, foi extraído seu famoso *Manual*. Morreu em Nicósia, por volta de 130.

Epicuro

Nasceu em Atenas, em 341 a.C. Opôs-se aos céticos, que duvidavam de tudo. O pensamento de Epicuro baseou-se essencialmente na noção de prazer, decorrência lógica do que ele considerava o desejo primordial do homem: o desejo de ser feliz. De sua extensa obra restam-nos apenas três cartas e algumas máximas. Morreu em 270 a.C., aos setenta anos.

Erasmo

Desidério Erasmo (ou Desiderius Erasmus, seu nome em latim) nasceu em Roterdam, nos Países Baixos, por volta de 1469. Estudou no convento dos agostinianos e ordenou-se padre. Conheceu Thomas Morus e a ele dedicou sua grande obra, *Elogio da loucura*, escrita entre 1506 e 1509. Durante sua vida, viajou e escreveu muito: os *Adágios*, o *Manual do cavaleiro cristão*. Nos Países Baixos, foi conselheiro do futuro Carlos V. Em 1521 fixou residência em Basiléia, onde escreveu o *Tratado do livre-arbítrio*. Morreu nessa cidade, em 1536.

Esopo

Não há provas seguras de que tenha realmente havido um Esopo fabulista. As referências mais antigas à sua existência remontam ao século V a.C. Teria nascido na Trácia (nordeste da Grécia) e vivido como escravo na ilha de Samos, conquistando ali sua reputação de fabulista ao narrar uma fábula para os habitantes. Atribui-se a Esopo um final trágico: teria sido morto pelos habitantes de Delfos, não se sabe quando nem por quê.

Eurípides

O mais jovem dos três grandes autores gregos de tragédias (os outros dois são Ésquilo e Sófocles) nasceu em Salamina em 480 a.C. Dispomos de poucas informações biográficas a seu respeito. Das noventa e duas peças que supostamente escreveu, restaram-nos apenas dezoito. Em vida, venceu quatro vezes a competição dramática da Grande Dionisíaca. Depois de sua morte, em 406, recebeu mais um prêmio.

Gracián

Baltasar Gracián y Morales nasceu em 1601 em Belmonte, na província de Aragão, na Espanha. Aos dezoito anos ingressou na Companhia de Jesus e em 1635 fez seus votos definitivos. Em 1643 foi nomeado reitor de um colégio da Companhia de Jesus. Em 1647 terminou de escrever sua grande obra: *Oráculo manual y arte de prudencia,* em que demonstra grande sabedoria e uma profunda e aguda compreensão da psicologia humana. Escreveu outras obras, sob o pseudônimo de Lorenzo Gracián, o que o levou a ser descoberto e exilado em Tarrazona, onde morreu em 1658, aos cinqüenta e sete anos.

La Bruyère

O escritor francês Jean de La Bruyère nasceu em 1645, em Paris. Foi preceptor do neto do príncipe de Condé, Luís de Bourbon, e de sua mulher, filha de Luís XIV e de Madame de Montespán. Seu livro *Os caracteres* descreve as transformações da sociedade de seu tempo. Em 1693 foi eleito para a Academia Francesa. Morreu em 1696.

Lao-tsé

Pouco se sabe sobre o fundador do taoísmo. Teria nascido em 570 a.C. no reino de Tchen, numa família nobre de sobrenome Eul Li. Arquivista na corte imperial e desgostoso com a decadência do império, teria se afastado dele. Sua única obra é o *Tao Te Ching*, possivelmente escrita quando estava deixando a China.

La Rochefoucauld

O príncipe de Marcillac nasceu em 1613 e só se tornou duque de La Rochefoucauld com a morte de seu pai, em 1650. Dedicou a maior parte da vida ao preparo e depois à redação das *Máximas*. Conta-se que a idéia desse livro lhe surgiu de conversas e correspondência com Madame de Sablé e Jacques Esprit, nas quais eles discutiam máximas que, em seguida, testavam em pessoas de seu convívio. François de La Rochefoucauld morreu em Paris em 1680.

Leonardo da Vinci

Nasceu em 1452, perto de Florença, na Itália. Ficou mais conhecido como pintor, sobretudo pelo seu quadro *A Gioconda*. Interessado por todos os ramos da arte e da ciência, deixou inúmeros *Cadernos* com desenhos e anotações. Morreu em 1519.

Madame du Châtelet

A marquesa Émilie du Châtelet nasceu em 1706. Aos trinta anos, deixou a capital, o marido e os filhos para ir juntar-se a Voltaire, seu amante, num castelo do interior da França. Redigiu aos 40 anos o *Discurso sobre a felicidade*, uma espécie de balanço de sua vida. Em 1740 publicou

Instituições de física. Morreu em 1749, alguns dias após dar à luz uma menina.

Marco Aurélio

Nascido em Roma em 121 d.C., Marco Aurélio tornou-se neto adotivo do imperador Adriano. Aos quarenta anos recebeu o título de imperador e compartilhou o trono com Lúcio Vero, seu irmão adotivo, até a morte deste em 169. Durante a última década de reinado redigiu os doze volumes de seus célebres *Pensamentos*, só publicados após sua morte, em 180, numa epidemia de peste.

Montaigne

Michel Eyquem de Montaigne nasceu em 1533 no Périgord (sudoeste da França). Foi conselheiro na Corte dos Impostos de Périgueux e depois no parlamento de Bordeaux, onde travou profunda amizade com Étienne de La Boétie. Em 1570 abandonou essas funções. Sua grande obra foram os três volumes dos *Ensaios*. Morreu de cálculo renal, em 1592.

Montesquieu

Montesquieu nasceu perto de Bordeaux, em 1689. Seu primeiro livro, as *Cartas persas*, foi muito bem acolhido pelo público, em 1721. Encorajado pelo sucesso, continuou a escrever: *O espírito das leis,* publicado anonimamente em Genebra em 1748, foi muito contestado pelos jansenistas e pelos jesuítas. Em 1727 foi eleito para a Academia Francesa. Morreu em Paris em 1755.

Musset

Alfred de Musset nasceu em Paris em 1810. Aos vinte anos publicou seu primeiro volume de versos. Em 1833 viajou para a Itália em companhia de George Sand. De retorno, profundamente infeliz, escreveu, em 1836, a *Confissão de um filho do século* e redigiu peças teatrais, destinadas exclusivamente à leitura, entre as quais *Com o amor não se brinca*, *Lorenzaccio* e *Não se deve confiar em nada*. Em 1852 foi eleito para a Academia Francesa. Morreu em 1857 em Paris, doente e deprimido.

Nachman de Bratzlav

O rabino Nachman de Bratzlav nasceu em Bratislava, Ucrânia, em 1772. Era bisneto do Baal Shem Tov ("Mestre do Bom Nome"), o fundador do hassidismo. Ao longo da vida escreveu numerosos textos sobre a fé e a posição do homem justo, o *tsaddik*. Morreu de tuberculose em 1810, com trinta e nove anos, contestado em razão de seus ensinamentos religiosos, pouco convencionais para a época.

Napoleão I

Napoleão Bonaparte nasceu em Ajaccio, em 1769. Entre 1804 e 1815 foi imperador da França, sob o nome de Napoleão I. Sua agitada trajetória política e militar é bem conhecida. Escreveu célebres cartas, orações e suas *Memórias*. Morreu no exílio, em Santa Helena, em 1821.

Nietzsche

Friedrich Nietzsche nasceu em 1844, na Alemanha, numa família de pastores luteranos. Aos vinte e um anos ingressou na universidade de Leipzig e descobriu a filosofia. Em 1871 começou a escrever o que seria uma longa seqüência de obras: *Humano, demasiado humano, O nascimento da tragédia, Considerações extemporâneas* e outras: *Assim falou Zaratustra, Para além do bem e do mal, O Anticristo* etc. Morreu em 1900, vitimado pela sífilis, depois de enfrentar várias crises sucessivas de demência.

Oscar Wilde

Oscar Fingal O'Flahertie Wills Wilde nasceu em Dublin, na Irlanda, em 1854, filho de um cirurgião e de uma poetisa. Publicou em revistas irlandesas e inglesas seus primeiros poemas. Em 1880 instalou-se em Londres. Aos trinta anos casou-se com Constance Mary Lloyd, com quem teve dois filhos. Seu único romance, *O retrato de Dorian Gray,* publicado em 1891, causou estardalhaço. Em 1895 instaura um processo por difamação contra o marquês de Queensbury. Em 1895 foi julgado por homossexualismo e condenado a dois anos de trabalhos forçados.

Após a perda de sua mulher, em 1900, foi para Paris, onde morreu de meningite alguns meses depois.

Ovídio

Públio Ovídio Naso nasceu em 43 a.C., numa pequena cidade da região de Abruzos. Em seus muitos e variados textos Ovídio fala principalmente das mulheres, a quem conhece bem porque amou muitas: sua coqueteria, seus ciúmes, suas artimanhas. Foi acusado de licenciosidade e vulgaridade; mas os quinze volumes das *Metamorfoses* demonstram grande agudeza de espírito e rigor de método. Morreu em 17 d.C.

Plutarco

Nasceu por volta de 50 d.C., na Beócia. Após numerosas viagens à Grécia, apaixonou-se pela matemática, pela física e pelas ciências em geral. Menos de metade da obra de Plutarco chegou até nós. Os textos morais e éticos são os mais numerosos; neles se encontram conselhos sábios, especialmente em *Como tirar proveito de seus inimigos* e em *Da maneira de distinguir o bajulador do amigo*. Morreu por volta de 125.

Rabelais

François Rabelais nasceu por volta de 1494, em Chinon, na França. Foi educado pelos frades franciscanos, perto de Angers. Beneditino e médico, foi vigário em Saint-Martin de Meudon. Em 1532, publicou, sob o pseudônimo de Alcofribas Nasier, os *Horríveis e espantosos feitos e proezas do muito afamado Pantagruel*, uma sátira feroz da educação escolástica medieval, imediatamente censurada pela faculdade de teologia. O mesmo aconteceu com a *Vida inestimável do grande Gargantua, pai de Pantagruel*, publicada em 1534. Rabelais morreu em Paris, em 1553.

Schelle

Karl Gottlob Schelle nasceu na Alemanha em 1777. Foi professor de línguas antigas, anos durante os quais escreveu a maior parte de sua obra: livros sobre filologia, sobre literatura francesa etc; e principalmente *A arte de passear*, em que apregoa as virtudes estéticas e intelectuais desse divertimento popular. Morreu ainda jovem, provavelmente após longa permanência num estabelecimento psiquiátrico.

Schopenhauer

Arthur Schopenhauer nasceu em Dantzig em 1788. Aos dezesseis anos empreendeu com os pais uma grande viagem pela Europa, ao longo da qual foi escrevendo um diário que contém em germe o fermento de sua obra filosófica. Sua grande obra *O mundo como vontade e representação* foi publicada em 1818, mas passou despercebida. Decepcionado e solitário, Schopenhauer instalou-se em

Frankfurt, onde viveu como eremita. Apenas em 1851 começou a sentir os resultados de seus trabalhos: os dois volumes de *Parerga und Paralipomena* (*Bagatelas e digressões*) alcançaram grande sucesso de público. Morreu de velhice, em 1860.

Sêneca

Ver a introdução do capítulo sobre a cólera (p. 86).

Stendhal

Henri Beyle, cognominado Stendhal, nasceu em Grenoble, na França, em 1783. Em 1814 instalou-se em Milão, onde viveu até 1821, quando se tornou suspeito de participação no movimento dos carbonários (sociedade secreta dissidente italiana). Voltou para a França e, em Paris, em 1830, publicou o romance *O vermelho e o negro*, que na época não alcançou sucesso. Já *A cartuxa de Parma*, romance editado em 1839, conquistou um imenso público. Stendhal morreu em Paris em 1842, deixando inacabado o romance *Lamiel*.

Voltaire

François Marie Arouet, cognominado Voltaire, nasceu em Paris em 1694. Depois de duas prisões na Bastilha, permaneceu três anos em Londres. Voltou à França em 1729 e publicou várias obras, entre elas as *Cartas inglesas*, sátira das instituições e dos costumes franceses que desencadeou um escândalo. Refugiou-se no castelo da marquesa Émilie du Châtelet, na Lorena. Redigiu então o famoso *Zadig*, em 1747. A partir de 1759 sua produção literária e filosófica se intensificou. São dessa época *Cândido* (1759) e o *Dicionário filosófico* (1764). Voltaire pertenceu à Academia Francesa. Morreu em Paris, em 1778.

Xenofonte

Historiador e general grego, discípulo de Sócrates, nasceu em 428 a.C., perto de Atenas. Viajou muito e participou de várias campanhas militares. Entre suas obras mais importantes estão *Memórias de Sócrates*, os relatos históricos das *Helênicas*, a obra de economia doméstica *Econômico*, o romance histórico *A educação de Cícero* e, a mais conhecida, *Anábase*, sobre a retirada dos mercenários de Ciro pela Ásia, a *Retirada dos dez mil*, comandada por ele. Morreu em 354 a.C.

IMPRESSÃO E ACABAMENTO:
YANGRAF Fone/Fax: 6198.1788